淫溺妃オルゴアミーの開発日誌

魔窟の王 1

ネコミコズッキーニ
ill. pupps

「よぉし！記念すべき魔法少女第一号、ゲットよ！」
クレオノーラ
「魔法少女になってくれる……？」

アミィちゃん
「な……な、るぅ……」

「……エメド・ラルド・メラルド～！
緑の宝珠よ、わたしに力を！」
クレオノーラ改め
魔法少女
呪殺☆エメラルド

魔窟の王
淫溺妃オルゴアミーの開発日誌①

ネコミコズッキーニ

MONSTER
bunko

contents

魔窟の王

Fevelopment diary
of the lewd queen orgoamy

第一話　異世界へ行った男

「ん……んぁあああああ……っ‼」

豪華なベッドでは美しい金髪の女性が嬌声をもらしていた。気品と高貴さを感じさせる整った顔、染み一つない綺麗な身体。なにを隠そう、彼女は王族の生まれなのだ。

そのような女性が裸になり、今は股を開いて俺の肉棒を受け入れている。日本では無職でアルバイト生活を送っていたこの俺に……だ。

いわゆる底辺と称される男に、異世界の姫が股を開いて犯されているという事実は、俺に強い興奮と征服欲を与えていた。

その彼女の両隣には、また別の美しい女性が意識を半分とばして転がっている。2人とも股から白濁液があふれ出ており、身体をビクンと震わせていた。

そう、今宵はすでに2人の女性に種付けを終えており、今は3人目を抱いているところだ。支配者〈クエスター〉としてのレベルも高くなった今、俺の精力は日本で生活していた時よりも強いものになっている。

興奮のまま、王族生まれの姫……クレオノーラの太ももを押さえつけ、さらに股を開かせる。

眼下では形の整った綺麗な女性器に、俺の肉棒が出し入れされている様子をよく見ることができた。

「ああ、んんんん……っ！　はぁぁ……で、でる……の……⁉　なかで……ショーイチのおち○ぽがぁ……んんっ⁉　ふ……ふる、えて……⁉」

「ああ……！　このまま……出す、よ……！」

「はううぅぅ……っ！　い、いいよぉ……だしてぇ……わ、わたしのなかぁ……んぅっ⁉　だいすきなショーイチのでぇ……いっぱいに、して……っ！」

「…………………っ！」

　クレオノーラの膣肉が収縮を繰り返し、俺の肉棒から精を出させようとしてくる。俺はむき出しの亀頭で彼女の媚肉を抉り、そして最奥部へと突き入れた。

「んいぃ……っ⁉」

　ゴムもなにもつけていない、正真正銘、男女の粘膜接触。前傾姿勢になってお互いの性器を限界まで密着させ、俺の肉棒は彼女の熱い体温に包まれる。

　今からこの高貴な胎を俺の欲望で汚すのだ。その高揚感に身を任せ、煮えたぎった欲望が尿道を拡張しながら出口を求めて駆け上る。

　そして窮屈な膣内でビクンと肉棒が跳ねた瞬間。その先端部からあふれんばかりの欲望が撃ち出された。

「あ……ん、んあああぁぁぁぁぁ……っ⁉　な……なか、で……あばれて……っ⁉　んにゃあぁぁぁぁぁ……っ‼　すご……わたしの、おくまで……あついのが……はいって、きて……っ⁉」

「……………くぅ！」

俺の射精をサポートするように、クレオノーラの膣肉が断続的に締めつけてきている。窮屈な穴がさらに狭くなっている。

俺は彼女に促されるがまま、思う存分欲望を胎へ吐き捨てていく。どれだけ身勝手に胎内に欲望を吐こうが、彼女はそのすべてを受けとめ続けてくれていた。

「はううぅぅぅ……っ！　ま……まだ、でてるぅぅ……」

射精の波が収まらないなか、俺はクレオノーラに覆いかぶさる。そしてねっとりとした種付けを繰り返しながら、お互いにキスを交わした。

「ん……んむぅ……」

熱い舌を絡めあっているうちに、クレオノーラは両手と両足を俺の身体に絡めてくる。お互いの密着度がさらに上がり、唇の角度を何度も変えて混ざり合った唾液を飲ませあっていく。

下半身では性器を結合させ、上では唇を結合させる。日本ではまったく女性に縁がなかったのに、どうしてこうなったんだったか。

今では魔窟の王と呼ばれるようになり、１つの小屋からはじまったこの森も、広大な農園と屋敷を構えるまでになった。

屋敷には幾人もの寵姫が住み、戦闘力も高いメイドさんたちが数多く存在している。もはや一国が相手でも、そうそうこの地を脅かすことはできない。

日本ではなにも持っていなかったただの男が、ここまで成り上がれた理由。それはとある妖精……妖精？　まぁそんな妖精めいた彼女に目をつけられたことがはじまりだった。

■

「つかれ……た……」

まだ日は出ていないが、だんだん黒い夜空が青くなってくる時間帯。深夜のバイトを終えた俺は自宅アパートに向かって歩いていた。

今日は家にスマホを忘れてしまったので、正確な時刻はわからない。でももう始発はとっくに動いているし、それなりに人が動き出す時間になっているのだろう。

「はぁ～……いつまでこんな生活を続けるんだろうな……」

大学受験に失敗し、親にはそろそろ自立しなさいと家を追い出された。

以降は築50年の1Kアパートで一人暮らししながら、アルバイトで生をつなぐ人生を送っているのが俺、清水正一という男だ。

こんな生活をしてもう何年経っただろうか。今ごろ同級生は普通に就職し、税金を納めながら立派に社会人として働いているのだろう。

別に卑屈になっているわけではない。俺ではそもそも会社員なんてできる気がしていないし。だがたまにではあるが、考えてしまうのだ。バイトをしながらなんとか生きている毎日は、目的もなく人生を浪費していることになるのではないか……と。

「はぁ……むなしい……と言えばいいのかな……」

いろいろ思考しているうちに巨大な橋にたどり着く。ここを渡りきれば、家まではもうすこしだ。帰ったら風呂に入ってから寝よう。

そう考えながら歩き続けることしばらく。正面からなにか言い争っている声が聞こえてくる。

「……………？」

顔を上げると、橋の真ん中あたりで1組の男女が言い合いをしていた。

いかにもホストっぽい男性に、いかにもギャルな女性がわいのわいのと騒いでいる。

（うわぁ……なんでこんなところで言い合っているんだよ……）

柵があるため対向車線には移れない。このままでは言い合う男女のすぐ側を通過しなければならない。

ここまで来てしまった以上、今さら来た道を戻るのも億劫だ。なにより夜勤明けで疲れているし、さっさと帰って休みたい。

（し……仕方ないか……）

意を決して男女の側を通り過ぎるという決断を下す。提督でもここまで重い決断は下せないのではないだろうか。

そんなしょうもないことを考えながら速足で通り過ぎようとした。

「もうどれだけタカシにお金を貸したと思ってんの⁉　いい加減返してって言ってるでしょ！」

「はぁ？　だからその金を返すために、ちょっと10万くらい貸してくれって言ってんだろ⁉

なんでそれがわからねぇんだよ、お前考える頭なさすぎな！」

どうやら金銭トラブルのようだ。男性は顔を見た感じ、完全に酒が入っている。2人ともお互いに意識を集中しており、こちらに気づいた素振りは見せていない。

このまま何事もありませんように……と祈りながら、いよいよ男女のすぐ近くまで到着する。このタイミングで男性は急に感情を爆発させた。

「あーー、うぜぇ！　金ねぇならもう俺に話しかけんな！」

「ちょ……！　バカだとは思っていたけど、ここまでとはね！　いいわ、あんたのことはアケミにも言うから」

「はぁぁぁ？　なぁんでここでアケミが出てくんだよ⁉」

「アケミと私は同級生なのよ。知らなかった？　この間、親への挨拶を済ませたんでしょ？実は他の女から金を借りて、それを返せないクズ男だと聞いたらどうなるか、バカのあんたでもわかるんじゃない？」

どうやらタカシくんはアケミさんと良い仲のようだ。というかタカシくんを受け入れるアケミさんの器の広さに驚きである。

ちょっと話は気になるが、俺には関係ないことだ。さっさと2人の側を通り過ぎてしまおう……そう思っていたが、タカシくんはさらに感情を激化させた。

「てめ……っ！」

「ぶぎゃっ⁉」

「っ⁉」

怒りの形相になったタカシくんは、女性に殴りかかった。殴られた女性はその場で倒れ込む。タカシくんはその女性に対し、さらに蹴りを入れはじめた。

「この！　クソ！　女がぁ！」

女性はうずくまりながら身を守っている。だがタカシくんは自らの暴力行為でさらに興奮したのか、ますます動きは激しくなっていく。

（こ……これ……まずいんじゃ……）

なにしろタカシくん、完全に目がパキっている。このままだと女性が殴り殺されることもあり得るかもしれない。

（そうなったら警察は徹底的にこの時間、この場所を調べ上げて、各地に設置された防犯カメラなどから、俺がこの橋を渡っていたことも突き止めるだろう）

で、その時あなたは何をしていましたか、とたずねられるわけだ。

はい、なにもしていませんでした……なんて答えた日には、被害女性やその家族から訴えられるかもしれない。

いやいや、仮に訴えられなかったとしても。ワイドショーや新聞、ネット記事で名前が載る可能性もある。

そうなると被害女性を無視して見捨てた冷血漢として祭り上げられるのではないだろうか。

こうなるともう日の下を歩けない。コンビニで買い物する時も「あ、こいつ。襲われていた女性を見殺しにした奴だ」と、店員に思われながら商品バーコードをスキャンされる。

また新進気鋭のユーチューバーたちが、俺を待ち伏せして突撃インタビューしてくるかもしれない。

きっとコンビニ店員も俺の目撃情報を快く提供するだろう。非情な冷血漢に人権など存在しないのだ。

当然、バイトもクビ。そうなると遅かれ早かれ生活苦に苛まれ、終わりかけていた人生が本当に終わることになる。

(そ、それはまずい……!)

一瞬で女性を見殺しにすることのリスクを計算し終えた俺は、タカシくんを後ろから羽交い締めにした。

「あぁ!?」

「お、落ち着いて……! どうか落ち着いてください……!」

「んだぁてめぇ! さわんじゃねぇ! ぶっころされてぇか、あぁ!?」

ひ、ひいいぃぃぃぃ……! さすがにこわい……!

だがもう関わってしまった。後戻りはできない。

「落ち着いて、落ち着いて……!」

「うるせぇ! 部外者がしゃしゃり出てくるんじゃねぇ!」

酔っていても怒りバフでタカシくんの力は相当なものだった。あっけなく拘束を振りほどかれ、俺に殴りかかってくる。

「あた⁉」

「この……！　ブ男が俺に触るんじゃねぇ！」

殴られつつもなんとかタカシくんの手をつかもうと腕を伸ばす。そうして橋の上でもみ合いになり始めたところで。

「う……ぜえぇぇぇぇ！」

「わ……うわあぁぁぁぁぁ⁉」

なにがどうなったのか。俺は気づけば橋から突き落とされていた。水面までちょっと距離がある橋上から落下中である。

（死ぬ……！　これは……死ぬううぅぅぅぅ！）

あと数秒後には背中から水面に激突するだろう。ちなみにまったく泳げない身体である。

仮に水面激突の衝撃に耐えられても、水分をたっぷり吸収した服と冷たい水に体力と体温を奪われ、陸地にたどり着く前に死ぬ未来しか見えない。

（あぁ……ここまでか……俺の人生……）

なんの生産性もない人生だったし、きっと俺が死んで困る人はだれもいないだろう。でも最後に女性を助けることができたのではないかと思う。

まさかタカシくんも、人を橋から落としておきながら、それでも女性を殴り続けることはないだろう。……ないと思う。

これをもって、自分の人生に意味を見出してもいいかもしれないな……。そう考えて目を閉じた時、背中が水面に激突した。

（…………………！！！！？？）

まず間違いなく激痛が走るだろう。骨も折れるかもしれない。そう考えていたが、身体はなんの抵抗もなく水の中をさらに落ちていく。

（ど……どうなっているんだ……⁉）

全身が水に浸かっているのは間違いない。だが水中でも落下速度が変わらず、どんどんどんどん下へ落ちていく。

（いや、こんなに深くないだろ⁉　どうなっているんだ……というか、息！　息、できな……！）

どれだけ落下し続けるというのか。手足をばたつかせても、まったく水をかけない。だがそれも数秒のことだった。

「あだっ⁉」

今度こそ背中に硬いものが当たり、落下が止まる。

しかし声が出るのはおかしい。

というか、息もできる。これもまた意味がわからない。だが混乱するにはまだ早かった。

「な……1人だけ召喚魔法陣ではなく、空から現れただと……⁉」

自分以外の他人の声が聞こえる。どうして水に落ちた先に空気があり、人の声まで聞こえるというのか。不思議に思いながらも身体を起こす。

「ひ……」

「人間……か……？」

「一瞬、人型の魔獣に思えたが……」

周囲を見渡すが、余計に状況整理ができなくなった。床も壁も天井も、石造りの大きな建物内になっていたからだ。

俺は鎧を着て武装した人たちに囲まれていた。すぐ側には4人の男女も驚いた表情で立っている。さらに床にはアニメや漫画で見るような魔法陣が光っていた。

「え……え……？」

魔法陣は数秒して完全に消失する。それから正面に立っているとても綺麗な女性が口を開いた。

「勇者召喚を行い、4人の勇者が姿を見せたと思ったら……召喚魔法陣の真上からずぶ濡れの男性が……？」

その女性は薄紫とも銀色にも見える艶やかな髪色に紫の瞳が特徴的な美女であり、どう見ても日本人ではなかった。

そもそも服からして近代的ではない。そして女性の言葉で、俺はおおよその事情を察してしまった。

(これは……もしかしてもしかしなくても……。うわさに聞く異世界召喚……！)

これまで何度かこういう小説を読んだことがある。まさか自分がその当事者になるとは思わなかったけど。

「ひ……姫様。いかがされますか……？」

「と……とりあえずこちらの事情を説明するのが先でしょう。勇者様方、申し訳ございませんがこちらへ来ていただけませんでしょうか……」

隣を見ると、4人の男女がうなずき合っていた。

「さっきまで電車に乗っていたのに……」

「なにがなんだかわからないけど……」

「とりあえず話を聞いてみよう」

「そ……そうね……」

見た感じ、高校生か大学生といったところかな。

彼らも戸惑っていたが、こうして俺たちは一緒に姫様と呼ばれた女性の説明を聞くことになった。

お姫様たちに先導され、応接室へと案内される。名前を名乗るだけという簡単な自己紹介を終えてから聞かされた話は、やはりというか想像通りのものだった。

この世界には様々な種族が住んでいるらしい。そしてこの国には人間しかいないのだが、隣国は人間以外の種族が集まって国家を形成しており、今は戦争中なんだとか。

隣国の王は周辺国から魔王と呼ばれ、恐れられていた。また魔王軍はかなりの戦力を有しているらしく、戦況は劣勢なんだとか。

そこでこの国の王族は多大なリソースを注ぎ、異世界から勇者を召喚した。伝説では召喚した勇者には一騎当千の力が与えられているらしい。

「んで……お姫様は俺たちに、その力を使って魔王を倒してほしいってか？」

「はい……」

４人の男女の中でひときわイケメンな男性が声をあげる。彼は名を牟呂託斗《むろたくと》といい、こんな状況なのに、とても自信に満ちた声をしていた。

ちなみにソファーには４人が並んで座っており、俺はその側で立っていた。ソファー自体が４人がけだということもあり、自然とこの形に落ち着いてしまった……。

来客用に別の椅子を用意してくれてもいいのに、なぜか俺のぶんはいつまで経っても用意されることはなかった。

「えー。うちそういうのパスー。帰りたーい」

空気を読まずに堂々と自分の意見を述べたのは、染めた金髪をこれでもかとウェーブをかけまくっている女の子だ。

彼女の名は薬師沙理《くすしさり》。しゃべり方といい、ギャルっぽい。金髪ギャルだ。

「まぁ困っている人を放っておくのも気が引けるが……」

続けて言葉を発したのは、４人の中で最もガタイがいい男性だ。

いや本当にすごい。髪も短く切りそろえているし、アメフト部所属ですと言われれば、10人中10人が納得する見た目だ。

そんなアメフト部な彼は古志木凱《こしきがい》という名だった。

「ねぇ！　ここが日本じゃないのは理解したけど……帰る方法はあるの⁉」

一際大きな声で、ショートカットの女性がお姫様にたずねる。すごくハキハキしゃべるし、声に元気のよさもよく表れている。元気娘だ。名前は赤入陽菜《あかいりひな》というらしい。

元気娘に疑問をぶつけられたお姫様は、申し訳なさそうに床に目を落とした。

「……召喚時の制約により、勇者様方がある条件を達成できるまで、元の世界には戻れないのです」

「な……！」

「はぁ～？　ありえないんですケド～～～～？」

なんと……というか、やっぱりというか。そう簡単には帰れないのか。

ここは5人の中では一番の年長者として、気になったことを聞かせてもらおう……と考えている隙に、牟呂くんが口を開いた。

「落ち着けよ、沙理。帰れる方法自体はあるんだ。で……お姫様。帰還に必要な条件って何になるんだ？」

聞こうと思っていたことを牟呂くんがサラリとたずねる。こうなると俺は見学モードだ。

「勇者様方が敵を倒すと、倒したものの強さに応じて召喚陣に魔力が充填されます。十分な量がたまれば、元の世界への門が開きます」

「なるほどね……」

「あ、もしかして。その魔王というのを倒すのが、召喚陣に魔力を満たす近道だったりする？」

元気娘が確信を得たように話す。するとお姫様はしっかりとうなずいて見せた。

「おっしゃる通りです。魔王は強力な魔力を保有しておりますので、もし勇者様方が討伐できれば、まず間違いなく召喚陣に魔力を満たすことができるかと」

うそくせー……。お姫様の言うことはあまりに向こうにとって都合がよすぎる。しかも話していることを証明するものはなにもないのだ。

だが4人はお姫様の言葉を信じているようだった。こうなると俺がひねくれているだけで、実は誰もウソをついていないんじゃないかと思えてくる。

歳を取って、いつの間にか他人の言うことをまっすぐに信じられなくなってしまったようだ。いつからこんな大人になってしまったんだろう……。4人がまぶしくて直視できない。

「どうかお願いします、勇者様方……っ！　絶望に覆われた我が祖国に、光を取り戻してくださいませ……！」

日本でもそうそう見ない、超絶美女からのお願い。その目には涙もたまっている。

そんなお姫様から頭を下げられ、彼らは互いに顔を見合わせた。ちなみにだれもこっちは見ていない。

「まだ決心がついたわけじゃないが……」

「まぁ魔王倒したら帰れるっぽいし？」

「ああ。それに困っている人を放っておくことはできんな」

「でもさ！　私たち、戦いとかしたことないよ!?」

普通の日本人ならそうだろう。しかしお姫様は心配いりませんと首を振った。

「召喚魔法陣で呼び出された者は、いずれも勇者としての力を備えています。世界を渡る時に、運命に導かれた能力を得ているはずです」

「え……」

「運命に導かれた能力……!?」

「はい。今からそれを確認いたしましょう」

お姫様が合図を出すと、広すぎる応接室にこれまた立派な鏡が運び込まれた。

「この鏡こそ、召喚魔法陣によって呼び出された勇者の能力を映し出す魔鏡なのです。さぁ勇者様。どうぞそのお姿を映してみてください」

「へぇ！　どれどれー!?」

さっそく元気娘が立ち上がり、鏡に自分の姿を映す。するとぼんやりと文字が浮かび上がってきた。不思議なことにばっちり日本語である。

「ええと……クラス、魔杖《まじょう》の勇者……？」

「まぁ……！　おそらく魔術師としての能力に特化したクラスです！」

魔術師……！　魔力があると聞いた時からもしかしてと思っていたけど……！

本当に魔術師なんてものが存在している世界とは……！　ちょっとワクワクしてしまう。

「俺は……大樹《たいじゅ》の勇者とあるな」

「うちは……なにこれー？　快癒《かいゆ》の勇者……？」

「お二人ともとても素晴らしいクラスです！　やはり運命に導かれし勇者なのですね……！」

どうやらアメフト部と金髪ギャルも、お姫様から見れば大変素晴らしい能力を持っているようだ。そしていよいよイケメンくんが鏡の前に立つ。

「ん……？　聖剣《せいけん》の勇者……？」

「……っ！　せ……聖剣……！　まさか……唯一聖剣を扱える、伝説の勇者……!?」

イケメンくんはどうやらとんでもない勇者になったようだ。お姫様だけでなく、周囲にいる人たちもざわついている。

「えー、なんだかすごそうじゃん」

「まぁまだ自分の能力がどんなものか、自覚はまったくないけどな」

「いえいえ、本当に素晴らしいです……！　やはり皆様こそ、魔王を討伐するため、そして我が国を救うために召喚された勇者にちがいありません……！」

クラスの勇者名、かっこいいな……。あと大樹の勇者だけ名前から能力の見当がつかない。

盛り上がっている中、水を差すようで気が引けたけど俺は小さく手を上げた。

「あ、あの……。俺も試してみていいですかね……？」

「あ……ゴホン。ええ、もちろんです。どうぞ……あなた様も鏡の前にお立ちください」

今は自分のクラスの方が興味がある。俺は期待を胸に鏡の前へと立つ。4人も気になるのか、しっかりとこちらを見ていた。

鏡にじんわりと文字が浮かび上がる。そこにはこう記されていた。

クラス・支配者〈クエスター〉
スキル・〈後背絶頂〉〈好感昇突（後）〉〈口交催淫（軽）〉

（あれ……勇者じゃない……？　それにスキルっていったい……？）

これまでの4人とはまったく異なる反応だ。というかスキル名がとってもあやしい。

お姫様たちも微妙な反応を見せていた。

「これは……」

「なにも文字が現れていない……？」

「うん、鏡になんの変化もないね……？」

え……？　いや、鏡にはたしかに文字が浮かんでいるけど……。

だがそれらの文字も、ゆっくりと姿を消していく。そして俺の目からも何も見えなくなった。

「おっさんは勇者じゃないってことか……？」

「ねぇおじさん。ここに召喚される前のことを教えてよ。わたしたちは電車に乗っていたんだけど……」

俺はあらためて召喚前の出来事を話す。

夜勤明けのバイトを終え、橋から落ちて川に落ちたこと。そして水の中で沈み続けて、気づいたらこの世界にいたことを。

「ああ……それでおじさんは水にぬれていたのか」

「で……お姫様。これはどういうことだ？」

牟呂くんがお姫様に視線を向ける。俺もお姫様に顔を向けたが、彼女は決してこちらを見ることはなかった。

「わかりません……ですがおそらく召喚陣が正しく作用しなかったせいかと……。そちらの男性は、皆様の召喚になんらかの形で巻き込まれたものかと思います」

ここで牟呂くんが髪をかき上げながら前に出る。ものすごく絵になる。

「お姫様はこう言ったよな。俺たち勇者が敵を倒すことで、召喚陣に魔力がたまるって。おっさんが敵と戦って倒した時はどうなんだ？」

「……確かなことは言えませんが。この方が魔王を倒しても、魔法陣に魔力はたまらないのではないかと……」

ああ……なるほど。あくまで魔法陣に魔力をためられるのは、勇者だけということか。

もしくはお姫様的に、そういう設定にしておきたいのか……かな。

「まぁおっさんは勇者じゃなかったしな。つまりこの国と魔王の戦いに、無理につき合わせる必要もないってわけだ」

「たはー。うちが巻き込まれた方だったらよかったのにー」

「そういうなよ、沙理。まぁまだ決心したわけじゃないけど……もし戦いになって召喚陣に魔力がたまったらよ。おっさんも一緒に日本に連れ帰ってやるから安心しなよ」

牟呂くんはこんな時でも、こちらに気遣いを見せてくれる。顔のイケメンさは心のイケメンさに相関するのだろうか。

「……すこしお待ちください。試したいことがございます」

「ん？」

そう言うとお姫様は両目を閉じる。そして何かの呪文を唱えはじめた。

すると４人の右手の甲に赤い文様が浮かび上がる。だが俺の右手にはなにも浮かんでいない。

それを確認してお姫様はなるほどと呟いた。

「これは……っ⁉」

「それは異世界の勇者の印になります。この印が浮かばなかったことで、あらためてそちらの男性は勇者ではないと証明できました」

おお……異世界っぽい……。というかそんな便利な方法があったのなら、はじめから使えばよかったのでは……と言うのは野暮なんだろうか。

「勇者様方には別室でこれからのことについてお話しさせていただければと思います。そちらの男性については、安全な場所で当面の生活の面倒をみさせていただきますね」

こうして4人と別れ、俺は別室へと案内される。そしてかなり時間が経ってから、兵士に先導される形で建物の外へと連れ出されたのだった。

「これは……なんともまた異世界ファンタジーな……」

建物の外に出て案内された場所には、ものすごくでかい鳥が待機していた。いや本当にでかい。車二台ぶんくらいはあるぞ。

鳥の隣には鉄の箱があった。側面は鉄格子になっており、牢屋のような印象を覚える。

また箱の天井部分には、丁字の取っ手のようなものが付けられていた。

「こいつであんたを運んでやるよ」

軽快な声で話しかけてきたのは、若い兄ちゃんだった。

鎧を着て剣を腰に挿しているところといい、この国の兵士なのだろう。

「これで……とは？」

「あんたはその鉄部屋の中に入る。で、俺は相棒に乗って、あんたを鉄部屋ごと目的地まで運んでやるっていうわけだ」

どうやら兄ちゃんは鳥にまたがり、馬のように扱えるらしい。

すごい、まさか空輸手段が確立しているとは思わなかった。自分が考えているよりも文明の進んだ世界なのかもしれない。

「ほれ、はやく入ってくれ。姫様からは急ぎでって言われているんだ」

「え……え、えぇ……」

急かされるまま、俺は鉄部屋の中に入る。外からカギをしめられたため、完全に独房に入れられた気分である。

兄ちゃんはというと、カギをかけたらさっさと鳥にまたがった。

「それじゃ、いくぜー！」

鳥は羽ばたくと、そのまま鉄部屋の真上へと移動する。しばらくして部屋ごと宙に浮かび始めた。

「わ……わわわわ……！」

どうやら天井部に備え付けられていた丁字の取っ手は、鳥がつかむためのものだったらしい。

鳥はあっという間に上空まで飛び上がると、どこかに向かって羽ばたきはじめた。

（これは……すごいな……）

飛行機とかに比べると、そこまで高度が高いというわけでもない。だが異世界を上空から見下ろすというのは壮観だった。

どうやらこれまでかなり大きな都市にいたようだ。城も見えるし、この国の首都なのだろう。

兄ちゃんにこの国の名前とか聞きたかったけど、ここから声を出しても聞こえるかわからない。なにより話しかけたことによって、集中力を乱してしまう可能性もある。

安全運転をお願いしたいので、結局話しかけるのはやめた。

まぁお姫様は安全な場所まで送ると言っていたし。この国の詳細などはそこで確認すればいいだろう。

（というか……普通にこわい……）

絶景も見慣れると、今度は高所による恐怖が出てくる。それに気温も低いし、風も強い。普通に寒いのだ。

防寒着くらいくれてもよかったのに……。そう思いながら、強く鉄格子を握りしめる。

（けっこう長時間飛ぶんだな……）

どれくらいの時間、飛び続けていただろうか。体感では30分は超えていると思う。

だがここでこれまでまっすぐ飛んでいた鳥が、あたりを旋回しはじめた。

「…………？　どうしたんですかー？」

ためらいながらも上に向かって声を上げる。すると返事が返ってきた。

「おーう。まぁこのあたりでいいかと思ってよー」

「え……？　いや、下は森しかありませんけどー……？」

なにがいいのだろうか。その疑問はすぐに返ってきた。

「あんたを落とす場所だよー。王女様から、この魔窟の森にあんたを落とせって言われていてなー」

「え……え、えぇぇぇぇぇっ⁉」

聞き間違いだろうか。相変わらず軽快な口調で、ものすごく不穏なことを言われたんだけど
……⁉

「このあたりはとにかくやべぇ魔獣が生息してて、どこの国も開発に乗り気じゃねぇんだわー。

あんまり飛び続けて、地上から瘴気が漂ってきてもこえぇし。わるいけどここで落とすなー」

「ちょ、ちょっと……！」

「わるく思うなよー。俺も王女様の命令には逆らえないんだー。家族もいるしー。てなわけで、お元気で！」

「ひぃ……っ⁉」

次の瞬間。全身を浮遊感が襲い掛かった。

「わ……わあああああああああぁぁぁぁぁぁぁぁぁ‼」

本当に落とされた……！　というかこれ、まんま牢屋じゃないか……！

一切の抵抗もできずに、鉄部屋に閉じ込められたまま物騒な森へと落ちていく。このままでは地表に激突した瞬間、衝撃で命を落とすだろう。

仮に運よく生き残ったとしても、そもそもこの牢屋にはカギがかかったままだ。外に出られないまま飢えて死ぬか、ヘビ的な動物が中に入り込んできて殺される未来しか見えない。つまりはまもなく避けようのない死がやってくる。

「一日に二度も……！　死にかけるなんてぇぇぇ！」

だが川に落ちるのとはわけがちがう。今度こそ死んだなと、いよいよ眼前に迫った森を見てそう思う。

恐怖から両目を閉じるも、そこからどれだけ待っても、想像していた衝撃は訪れなかった。

「…………？」

恐る恐る両目を開いてみる。するとどういうわけか、鉄部屋は明らかに落下速度が大きく減速しており、ゆっくりと地表に向かって落ちていっていた。

「こ……これは……？」

鉄部屋は器用に森の木々をよけながら、とうとう地面に接触する。最後の最後まで減速したままであり、なにも衝撃がなかった。

「ふぅー！　やぁっと姿を見せることができるわ！」

「っ⁉」

急に声がしたかと思うと、目の前に小さな女の子が現れた。

本当にものすごく小さい。どれくらい小さいかというと、手のひらに乗るサイズ感である。

妖精……と言えばいいのだろうか。いたずら好きそうな目つきに水色の髪。およそ普通の人ではありえないその水色の髪はポニーテールでまとめられていた。

服はハイレグレオタードだが、ジャケットのようなものを羽織っており、後ろから見ればミニスカートをはいているように見える。

「え……と。きみは……？」

異世界の妖精だろうか。ファンタジーな世界だし、妖精がいてもおかしくはない……と思う。

「わたしはアミィ！　気軽にアミィちゃんって呼んでね！」

「アミィちゃん……？」

とてもフレンドリーな妖精さんだ。見た目もかわいらしいし、服もちょっとエロくてついつ

いむき出しの生足に目がいってしまう。

とりあえず名前を教えてもらったのなら、こちらも名乗るのが礼儀というものだろう。

「あー……俺は」

「清水正一でしょ？」

「え……」

あれ……なんで俺の名前を……？

「清水正一。大学受験に失敗してからは家を追い出され、以降はバイトをしながらの貧乏暮らし。趣味は無料ｗｅｂ小説漁りとマンガ、動画視聴。最近バイト仲間でちょっと気になっていたＪＫが、実は店長とデキていると知って、失意のどん底にいた。オカズ多用率は二次元なら貧乳ツインテール、三次元なら巨乳メガネ黒髪ロングを」

「わああああああああああああ⁉」

なんで初対面なのに、性癖開示ならびにバイト先のことまで把握されているんだ⁉

いや、そうじゃない……！　そうじゃなくないけど、とにかくそうじゃない……！

「な、なんで日本のことを知っているんだよ⁉」

どうして人の夜のオカズ事情まで……⁉

「ふっふっふっふふん……！　それは簡単、ショーイチを日本からこの世界にポイってしたのはなにを隠そう！　このアミィちゃんだからね！」

「え……⁉　どど、どういうこと……⁉」

俺は4人のリア充勇者召喚に巻き込まれたんじゃ……？

「ショーイチ……長いからショウと呼ぶね！　まずは誇っていいわ！　ショウはこのわたしの契約者候補として選ばれたのだから……！」

「契約者……候補……？」

アミィちゃんはクルリと回りながら高度を上げる。

「ショウ。わたしとあなたが組めば、互いにメリットを得られるわ。そう、いわばビジネスパートナーというやつね！」

「ぐ……具体的にどんなメリットが……？」

「まずここを生き延びる力を得られるわ。どんな力かは契約を結んでから話すけど」

うわ……あやしい……。詳細は一切話さないのに、結果だけを伝えて契約の有用性をアピールしてきている。だがそんな疑念も、次のアミィちゃんの言葉で霧散した。

「そして日本に帰還もできる」

「え⁉　帰れるの⁉」

「もちろん。たまたまタイミングもあって勇者召喚の魔法陣を活用したけど、もうこの世界とパスは繋げられたし。あんな低レベルな魔法陣を頼らなくても、わたしの力で日本と行き来可能よ」

すごい……！　生き延びることができる上に、日本にも帰れるなんて……！

帰りを待っている人や、帰って成し遂げたい何かがあるわけではないというのは、とりあえず忘れておく。

あと「もう働かなくてもいいと思ったのに、深夜アルバイト継続か……」と考えたのも、いったん無視しておく。

「ん……？　でもその言い方だと……もしかしてアミィちゃんって、この世界の妖精じゃない……？」

「そうよ。ここも地球ともちがう世界の生まれになるわ。で、ここからがビジネスなんだけどね？」

きた……本題だ。契約によるメリットと引き換えに、なにか要求してくるのだろう。でも俺から差し出せるものなんて思いつかない。

「実はわたし、ちょーーーっと面倒な輩《やから》に目をつけられているのよねぇ」

「はぁ……」

「で、ショウに与える力で、そいつらからわたしを守ってほしいのよ。なんならやっつけちゃってほしいくらい」

つまり……契約して獲得した力を使って、アミィちゃんを守れと。

まぁこの場を生き残れる力だろうし、お互いにギブアンドテイクは成立しているような気はする。

「……ん？　そもそも俺をこの世界に飛ばしたのって、アミィちゃんなの？」

だとすれば、今の俺のピンチはアミィちゃんに原因がある気がするんだけど……。

「そこも順を追って話しましょうか。もともとわたしは、日本でショウに目を付けていたわけだけど、ショウったら、川に落とされたでしょ？」

「ああ……」

「あの高さだもん。たぶん死ぬだろなー、と思って。ちょうど使えそうな転移魔法の気配があったから、ちょちょいっと細工してこの世界にいったん移動させつつ、ショウの命を守ったというわけなのよ！」

アミィちゃんの話によると、転移魔法陣の力を活用することで、水面激突の衝撃や諸々のダメージを無効化させることができたらしい。

とりあえず俺の命の恩人らしいので、そこは素直に感謝しておこうと思う。

ちなみにアミィちゃんは、どうやら俺が異世界に来た時からずっと側にいたらしい。姿を消して同行していたようだ。

この森に落とされたことで周囲にだれもいなくなったので、こうして姿を現したとのことだった。

「というか……どうして俺を契約者候補に？　自慢じゃないけど、俺はそんなに優れた人間ではないよ？」

「本当に自慢じゃないわね……」

自分で言っていてとても虚しい。でもアミィちゃんがどうして俺に目をつけたのか、それは気になるところだった。

「契約者候補に選ばれた理由。それはね……」

アミィちゃんがなにかを言いかけたところで、近くの草むらから音がする。振り向くと、そこには獅子頭のバケモノがいた。

「い……いえええええええい⁉」

いや本当にバケモンだ。だってでかいし。とにかくでかいし。ここまで俺を運んできた鳥くらいの大きさがある。

そんな獅子頭の怪物が、俺を見てうなり声をあげていた。

「うわちゃー。完全に目をつけられたわね」

「わ……あわわわわわ……」

あわあわ言っているうちに、獅子頭は勢いよくこちらに向かって駆けてくる。そして殺傷力抜群そうな爪を横に振るってきた。

「おあああああああああ！！？」

幸い鉄格子は壊れなかったが、鉄部屋ごと宙を舞う。そして地面に激突し、何度か転がった。

「わ、わわわわ……⁉」

ちらりと目線を向けると、鉄格子はかなり歪んでいる。あと何度か同じ攻撃を受けると、バラバラに解体されるだろう。

そうなると中身がコンニチワーし、バリバリと食われるにちがいない。

「時間がないわ！　ショウ、わたしとの契約を！」

「わ、わかった！　契約！　契約します！」

「よぉしっ！」

獅子頭はこちらを注意深く観察している。だがそう遠くない未来、再度襲いかかってくるだろう。

アミィちゃんはというと、両手を前に持っていってなにやら指を動かしていた。まるで目の前にある見えないモニターを操作しているかのようだ。

「おお～！　さすがショウね！　初期からなかなかいい感じじゃない！　とりあえずあの魔獣の脅威度もわからないし……ショウ！　メイドを購入するわよ！」

「意味わかんないんだけど!?　と、とりあえず購入！　メイド購入！」

本当に意味がわからない……！　なんでこの状況でメイドさんを購入!?　だれから!?　そもそもメイドさんって購入するものなの!?

だが変化はすぐに訪れた。なんと鉄部屋の外、すぐ側にいきなりメイドさんが現れたのだ。

メイド喫茶で見るようなメイド服ではなく、クラシカルなメイド服を着た女性だ。その表情は作り物のような印象を受けた。

「続けてメイドさんにこう言って！　支配者《クエスター》たる我が汝にクラスを授ける、と！」

「く……支配者《クエスター》たる我が、汝にクラスを授けるぅ！」

すっげぇ中二っぽい！

この呪文の意味はわからなかったが、俺の目にはメイドさんの周囲になにか文字が見えていた。

「え……」

「ほほう……」
■クラス　槍士〈ランサー〉
■属性　水
■武器　なし
■攻撃力　まぁ高い
■防御力　わるくなさそう
■機動性　けっこうよさげ
■魔力　そこそこ
「なにこれ⁉」

そこからの出来事は一瞬だった。メイドさんが人を超越した素早さで動き、素手で獅子頭を仕留めたのだ。

いやもうグロい。血まみれになりながら素手で肉を穿ち、骨を砕くさまは見ていて素直に怖かった。

そして獅子頭を屠った恐怖のメイドさん（素手のランサーさん）は、光の粒子となってその場から姿を消した。

「い……いったい、なにが……」

目の前で起こった出来事に戸惑いながらも、ひしゃげた鉄格子にがんばって身体を通し、なんとか外に出る。

だがとても一息つける状況とは言えない。俺は獅子頭の死体を見ながら、アミィちゃんに疑問をぶつける。

「あの……アミィちゃん。今のって……」

「ふっふっふふふん……。どう？　これこそがわたしとの契約によって得た、ショウの力よ……！」

まぁそうなんだろうけど。どういうことなのかがまったくわからない。

「お願いだから、わかるように説明して？」

「もっちろん！　まずショウはわたしとの契約が確定したことにより、正式に支配者《クエスター》となったのよ」

「支配者《クエスター》……あ、それ。魔鏡に一瞬映ったやつじゃ……」

４人のリア充が姿を映すと、なんとかの勇者と表記されたあの鏡。

俺の時は、勇者ではなく支配者《クエスター》と表記されていた。そういえばスキルも記載されていたけど……。

「そうそう。まぁあの時はまだわたしがツバをつけた状態……契約者候補ってだけだったからあ。ショウ以外の人には見えていなかったんだけどね。たぶん今あの鏡を見たら、全員にクラスが見えるんじゃないかしら」

どうやら俺にしか見えていなかったのも、理由があってのことらしい。

「素質ある者がわたしと契約すると、支配者《クエスター》の力を得ることができるのよ。支配者《クエスター》はメイドなどを顕現できる能力があるの」

「メイドって……さっきのような？」

「そうよ。まぁけっこうリソース割いちゃったから、維持コストが足りなくてすぐに消えちゃったけど」

せっかくメイドさんを顕現しても、維持コストというのが発生するようだ。

今はそのコストがないので、すぐに姿を消したということか。

「あ……そういえば。クラスを授けるとか言ってたのは……？　なんか急に槍士〈ランサー〉って見えたけど」

「支配者《クエスター》は顕現した従僕か、契りを交わした魔法少女にクラスを付与できるのよ」

「ふんふん、なるほど……。……ちょっと待て。魔法少女ってなに⁉」

唐突に出てきた……！　え、今までの話のどこに魔法少女要素があったの⁉　俺が聞き逃してただけ⁉

「落ち着いて～。これもちゃんと教えてあげるから。まずショウは、条件付きで自分の従僕を顕現できるのよ」

従僕……メイドさんを顕現する際には、俺の中にある特殊なエネルギーを消耗するらしい。消耗量を増やすことで、より強力なメイドさんを顕現することもできる……が。優れたメイドさんほど維持に多大なコストが発生するようだ。

また顕現したメイドさんにクラスを付与することで、ステータスに補正を入れることができる。

「従僕のもう一つのデメリットは、成長しないということよ。言うなればステータス値が固定されているの」

「なるほど……？」

いきなりレベル90のメイドさんも顕現できるけど、それ以上は成長しないようだ。

「でも魔法少女は別よ。クラスを付与した後も、ステータスが変動するわ。つまり成長の余地があるということね！」

その代わり膨大なリソースを割いて顕現したメイドさんと比較すると、初期ステータスはそこまで高くないらしい。

ただ魔法少女の場合は、どれだけ強力に成長しても、維持コストはかからないとのことだった。

「で……その魔法少女ってなんなの？」

「魔法少女は魔法少女よ。ほら、女の子がキラキラして変身するやつ」

「えぇぇぇ……」

魔法少女の認識は日本人の考えるものと共通しているらしい。おかげで余計に意味がわからなくなったけど！

「ショウは女性に、魔法少女に変身する能力を与えることができるの」

「え、まじで」

「まじなのよ。で……これらを踏まえた上で、わたしからの要望なんだけど。ずばり、ショウにはたくさんの魔法少女たちを作って、わたしを狙う輩から守ってほしいのよね～」

なんとまぁ……。アミィちゃんは俺を使って、戦力を拡充するつもりらしい。

でもこうして助けてもらったのは事実だ。クラス付与とか、中二っぽい力を授けてもらえたのもちょっとうれしい。これくらいなら協力してもいいかと思えてくる。

「わかったよ。せっかく得た力をいろいろ試してみたいとも思うし」

「ほんと⁉　やったぁ！　それじゃあ早速だけど、ここを支配領域の中心地にしましょ！　近くに集落とかもないし！」

「…………へ？」

そういやさっきから支配領域がどうのとか言っていたな……。

「支配領域っていうのは？」

「その名の通り、支配者《クエスター》が支配している領域のことよ！　支配者《クエスター》の力は、支配領域の拡大と共に成長していくの！　習うより慣れろ、まずは実際にやってみましょ！」

そう言うとアミィちゃんは周囲をキョロキョロと観察する。そしてすこし移動した。

「今から支配領域の要となるコア……大幻霊石《だいげんれいせき》をこの地下に設置するわ」

アミィちゃんが両手を前に掲げる。するとそこに俺の身長くらいある巨大クリスタルが姿を現した。

「うわ⁉　ど、どこから……⁉」

「驚くのはまだはやい……わよっ！」

クリスタルは横回転しながら高度を落としていく。そして地面に触れたと思ったら、そのまま大地に吸い込まれていった。

「え……え……⁉」

クリスタルが地面に潜っていって5秒後。地下からゴゴンとなにかが響いたと思ったら、すぐ側から土が大量に空へと撃ちだされた。

高く舞い上がったそれらの土は大地に降り注ぎ、俺の頭に落ちてくる。

「わわわ……」

「よぉし！　できたわ！　さぁショウ、こっちよ！」

アミィちゃんは土が噴き出した場所へと移動する。視線を向けると、そこには地下へ続く階段が出現していた。

「え……階段……？　いつの間に……？」

「ほらほら、はやく～」

うん……まぁ、俺もそろそろ慣れないとな……。

ここは異世界だし、アミィちゃんも地球とはちがう世界からきた妖精（?）だし。自分の常識で考えていても思考が停止するだけだ。

そう考え、アミィちゃんの後ろについていく形で階段を下りていく。アミィちゃんの前に光球が出現したおかげで、周囲はかなり明るかった。

「ここは……」

体感的に地下二階くらいだろうか。階段を下りた先には小部屋があり、その中心地では先ほどアミィちゃんが出した大幻霊石……半透明の大きなクリスタルが輝いていた。両端にとがった先端部があり、いわゆるダブルターミネーテッドと呼ばれる形状をしている。

「あれこそが支配者《クエスター》の支配領域の要！　大幻霊石よ！　ショウ、大幻霊石に手をかざしてみて」

「あ……あぁ……」

言われた通りにクリスタルの側まで移動し、手をかざしてみる。すると俺の前に半透明のウインドウが現れた。

「これは……？」

「支配者《クエスター》はね。大幻霊石を使って、自分の支配領域を自由にカスタマイズできるのよ」

モニターには周辺地区が表示されていた。契約の効果なのか、モニターの操作方法がなんとなく理解できる。

「なるほど……ここでも従僕が顕現できるのか。さっきのような顕現とはちがって、支配領域内であれば維持コストを抑えることもできると」

「その通りよ。まぁ従僕に関しては、わたしが側にいる時でも顕現可能なんだけど。具体的なカスタマイズ方法についてはね……」

切った木や魚、魔獣の他に鉱石や金など、俺はこの大幻霊石に資源として捧げることができる。

で、そうして集まった資源ポイント……リソースを消耗することで、支配領域のカスタマイズが可能になるわけだ。

カスタマイズの内容も多岐にわたる。特定の場所を更地にしたり、道路を引いたり家を建てたり、そうした操作がここで自由にできる。

「さっそく試してみましょうか！　まずはさっきの魔獣ね！」

いったんアミィちゃんと外に出て、獅子頭の死骸の側に移動する。

資源として捧げる方法は２つ。直接大幻霊石まで持ち込むか、アミィちゃんにお願いするかだ。

俺ではこんなにでかい死骸を運べないし、そもそもこの大きさでは狭い地下階段を通れない。そこで今回はアミィちゃんにお願いをした。

アミィちゃんが獅子頭に触れることで、死骸は一瞬で姿を消す。そうして再び大幻霊石の間に戻り、モニターを展開すると変化があった。

「資源ポイントの数字がすごく増えてる……！」

「そうなの！　こういう感じで、どんどん資源ポイントを増やしていくってわけ！　あ、あと、捧げたものによって作成できるものの種類も増えていくから」

木を大量に捧げることで、木製の家や柵などを作成し、任意の場所に配置することができる。石材を大量に捧げれば、石製の家なども作成できるようになるらしい。

「増えた資源ポイントの使い道は主に2つ。1つ目は支配領域のカスタマイズね。2つ目は支配領域の拡大よ」

溜まった資源ポイントを一定量消費することで、支配領域を拡大できるらしい。そうするとさらにカスタマイズ可能な地域が広がる。

田畑などを耕し、農作物を資源として捧げることもできるとか。

支配領域が広がると、そうした田畑面積をさらに広げることもできるので、効率よく資源ポイントをためることができるようになるとのことだった。

「なるほど……自前で資源ポイントに変換できる作物を作ることも可能ということか……。…………？　あれ？　メイドさんを顕現した時は、資源ポイントを消耗したわけじゃないの？」

モニターを操作するが、作成可能リストにメイドさんは記載されていない。アミィちゃんはここでニンマリと笑みを浮かべた。

「ショウ、いい着眼点ね！　あっちはまた別の力なのよ。具体的に言うと、ショウの魂にためられた力ね」

「魂にためられた力だって……⁉」

おお……！　なんかいい響きだ……！

どうやら見た目はともかく、目に見えない部分では絶大な力を有していたらしい。

普段はさえない男でも、実はその魂には熱き心が宿っていたとか、そんな感じにちがいない。

やはり俺は選ばれし者……。

「ずばり！　世や人を妬み、女をめちゃくちゃにしたいという、魂の衝動……！　自己愛の強さが全面に出た、醜き欲望の力よ！」

「…………えぇぇ」

思っていたのとちがう……っ！　まったくちがう……！

「いやいやアミィちゃん。それはちょっと……。俺がそんなひどい男なわけ……」

「ちがうの？　だって自分よりもお金を稼いでいる人が憎いでしょ？　結婚して幸せな家庭を築いている同級生を見て、ものすごく妬んでいるでしょ？　なんで自分はアルバイト生活で日々を生きるのに精一杯なのに、高校生の時に自分よりも成績の低かったあいつは恵まれた人生を送っているんだってひがんでいるでしょ？」

「ぐはあああぁぁぁ……！」

久しぶりにメンタルにクリティカルダメージを受けた。

なにがひどいって、アミィちゃんの語っていることは確かに覚えがあるのだ。

「バイト先の店長だってＪＫを食っているでしょお？　店長は自分と同じ高卒なのにくやしい

よねぇ？　せぇっかく久しぶりに仲良くなった年下の女の子だったのにぃ」

「うぐぅ……っ！」

「そう言えば幼馴染のミヤコちゃん、ショウの弟くんと結婚したんだよね？　この間、子供が生まれたとか」

「おごぉ……っ！」

「弟くんはいい大学出て、今は外資製薬メーカーで働いているんだって？　幼いころは同級生にいじめられていたところを、ショウが助けてあげたのにねぇ。今では立場も逆転してどんな気持ちぃ？　常に弟くんと比べられるから、親族の集まりにもう何年も顔を出していないんでしょお？」

「が……がはぁ……っ！」

　クリティカルヒットは一度で終わらず、隙のない連撃となって迫りくる。

「自分は映像の女の子をオカズにシコシコしているのに、同じ時間を同級生や弟くんたちは、愛する妻と濃厚で濃密な時間を過ごしているって思いながら出す射精はどう？　気持ちいい？」

「も……もう……やめ……」

「タイミングや運がなかっただけ。運次第では今のアルバイト生活を送ることもなかった。俺は運がなかっただけで、決して能力面であいつらに劣っているわけじゃない。そう言い訳しながら人生を浪費するって、どんな気分なの？」

「はぁ、はぁ……！」

「一緒に召喚された子たち、とてもリアルが充実してそうだったよね～。これからともに苦難を乗り越え、青春を刻んでいくんだろうな～。あのものすごくキレイなお姫様とのロマンスもあるかも！　でもまぁ自分には関係ないから……て、傍観者側に立つことで自分の精神を守ったんだよね？　本当は自分こそが中心となる勇者物語を始めたかったのに」

「ひ……ひぃぃ……」

　全身からいやな汗がこれでもかと吹き出てくる。とうとう俺はその場で両膝をついてしまった。

「もう……やめて……ください……」

「あははは！　ごめんごめん！」

　くそ……アミィちゃんの言ったことはすべて事実だ。というか、これまで何度も思ってきたことでもある。

　毎日こんな気持ちでアルバイトすることで、精神的にもかなりのストレスを抱え込んでいた。

「わたしの見立てだとねぇ～。ショウはあと半年もすれば、世間をにぎわす犯罪をしているところだったのよ」

「え!?」

「でもわたしの力はね。そうした人間のエゴで凝り固まったエネルギーととても親和性が高いの。わたしの契約者となる条件は2つ。ドロッドロに粘度の高い欲望を抱え込んだ男であること。そして……ペニスがでかいことよ！」

「…………はい？」

「だからぁ、ペニスがでかいこと。で……ここから本題といくわよ」

え……今まで本題じゃなかったの……？

支配領域やそのカスタマイズ、これらを活用してアミィちゃんを狙う輩と戦う……というのが本題だと思っていたんだけど……？

「これまでの話は支配者《クエスター》の基本業務。ショウにはわたしの与えたスキルを用いて、魔法少女をたくさん量産してもらい……そしてわたしの封印を解いてもらいまーす」

「アミィちゃんの……封印……？」

どういうことだろうか。なんとなく支配者《クエスター》の力は、資源ポイントを使うものとは別にもう一つあるというのはわかったけど。

でもそれとアミィちゃんの封印がどう繋がるのかまではわからない。

「そもそもなんだけどね。わたし、とある世界から逃げてきたんだよ～」

「え……なにしたの……？」

「まぁまぁ、そこは置いておくとして！　で、追手なんだけど、かな～りヤバい奴らが差し向けられると思うんだよねぇ……」

もしかしたら、とんでもないことに巻き込まれたのかもしれない。

でもその代償として今も生きながらえていると思うと、なにも文句は言えないけど。

「そいつらからアミィちゃんを守るため、魔法少女を生み出すんだよね？　あと支配領域を拡大すれば、単純に俺の支配者《クエスター》としての力も向上すると」

「おおよそそういうことね！　で、肝心の魔法少女作成方法なんだけど……ずばり！　ショウがむちゃくちゃに犯したいという女の子を実際に犯し、ショウへの好感度が50を超えた時点で、魔法少女になることを了承させればいいの！」

「…………………はい？」

ものすごく意味不明なことを言われた……！

え、なに、俺がむちゃくちゃにしたいと思う子を犯して、好感度が50？　意味がわからない……！

「メイド顕現や魔法少女作成には、資源ポイントではなくショウの魂に宿る、自分勝手な歪んだ欲望の力……それを数値化したエゴポイントを消費する必要があるのよ」

謎のポイントが出てきた……！　というかエゴポイントってなに⁉　自分勝手な歪んだ欲望って……！

くぅ……！　でもあと数ヶ月で事件を起こすくらいにはエゴが凝り固まっていたという話だし……！

自分でも覚えがあるぶん、やはりなにも言い返せない……！

「魔法少女を作成するのに、なんでそんなプロセスが……。あと俺がめちゃくちゃにしたい女性が対象ってなに？」

「そんなの、ショウ自身がめちゃくちゃにしたいと思った女ほど、エゴを手加減なしに叩きつけられるからに決まっているじゃない」

より欲望を強く刺激させられる対象ほど、効果が高いとかそういう意味なのだろうか。

「ま……まぁいいや。で、好感度って？」

「その名の通り、女性がショウに向ける好感度よ。100がマックスね」

ということは好感度50となると、まぁわるくは思われていないラインという感じかな。

しかしここで大きな疑問が思い浮かぶ。

「魔法少女になってもらうには、その……性行為に加えてある程度の好感度も持ってもらう必要があるんだよね？　それ、かなりハードルが高いんだけど……」

ある意味自慢だが、俺はこの年齢まで清い身体を保っている。性行為に対してかなりハードルが高いのだ。

「まぁショウじゃ無理な話ってのは、わたしもよく理解しているわ！」

「失礼な！」

「本当のことじゃない。で・も、安心していいわよ～。そのためにショウには、とぉっても素晴らしいスキルを与えているから！」

スキルという単語を聞いて、鏡に映ったスキル名を思い出す。

そうだ……あの時、俺の目にはクラス名の他にスキルも見えていた。

「大幻霊石のウィンドウに出てくる自分のステータス画面を確認してみるといいわ」

「どれどれ……」

宙に浮いた情報ウィンドウを操作し、俺自身のステータスを確認する。すると魔鏡で見た時よりも詳しい情報が表示された。

■クラス名・支配者〈クエスター〉レベル1
■エゴスキル・〈後背絶頂〉〈好感昇突（後）〉〈口交催淫（軽）〉
■愛奴スキル・なし
■支配者スキル・なし

「これは……レベル1……？　それにスキルが三種類ある……」

「でしょ？　その3つの中で、エゴスキルというのがわたしの授けたスキルになるのよ」

なるほど……。このスキルは鏡でも見たやつだな。相変わらず字面があやしいけど。

「そしてこのエゴスキルこそ、わたしと契約を交わして支配者《クエスター》のクラスを獲得できた者のみに許された力……！　ショウ！　あなたは女の子に対して無敵の力を手にしたも同然よ！」

「え……ええ……？」

アミィちゃんは自信満々な表情でスキルについて解説してくれる。

「〈後背絶頂〉……これは後背位で中出しすると、相手の女性は処女だろうが関係なく強制的に絶頂させられるというスキルよ！」

「……………はい？」

「〈好感昇突（後）〉……これもすごいわよ！　後背位ピストンで女性のおま○こを突くたびに、相手はショウに対して好意を高めるの！」

「……………はい？」

「好感度99まではピストンでもっていけるわ！　100に到達させるには女性によって条件が異なるんだけど……99の壁を突破した時、相手は〈愛奴〉状態になる……！」

「……………はい？」

「こうなれば、もうなにがあってもショウを裏切らないわ！　一生愛と忠誠を誓った状態だし、なんでもいうことを聞いてくれるわよ！」

「……………はい？」

やべぇ……童貞の理解を大きく超えた超常的な力がこの身に宿ってる……。

「そして〈口交催淫（軽）〉！　これはキスした相手に催淫効果をもたらすというものよ！　キスして秒で股を濡らすというわけではないけど、それでも相手を発情させるには十分……！」

「つまりキスして相手を発情させ、バックで突けば好意を持たれ、そのまま中出しすれば絶頂までさせられると……」

「その通り！」

「どこで使うねん！」

一切使えない……！　使いどころがなさすぎる……！

「え？　普通に女の子にキスして発情させて、そのまま後背位でエッチすればいいじゃない」

「できないよ!?」

とんでもないやつと契約してしまった……！　想像していたチート能力と、あまりにも方向性がちがいすぎる……！

「そもそもなんで後背位限定……？」

「わたしが後背位で犯されて感じている女の子を見るのが好きだから」

「はぁ……」

アミィちゃんの趣味か。とりあえず彼女が変態だというのは理解できた。

「ショウ、わたしのことを変態だと思っているでしょ」

「いや、だって……」

「はぁ〜〜……これだから童貞は。言っておくけど、ショウは1ヶ月後にはこの能力の虜《とりこ》になっているわ。そして自分にこのエゴスキルが宿ったことに感謝しているでしょう」

「なんで1ヶ月後……」

そんなにこの能力に自信があるのだろうか。

そう思ったが、アミィちゃんの言う1ヶ月後というのは根拠があってのことだった。

「だって、1ヶ月以内に後背位で女の子を絶頂させないと、ショウは死ぬんだもん」

「………はい？」

「わたしとの契約でね。こうしている今も、ショウの寿命はガシガシ消失していっているの。このままだと1ヶ月後に死ぬくらいにね？」

「はああああぁぁぁぁぁぁあいいぃぃぃぃぇぇぇぇああああ⁉」

け……契約のデメリットがでかすぎる……！　そんなデメリットがあるだなんて、契約の時に説明していなかったのに……！

「で・も、後背位で女の子を絶頂させると、ショウの寿命は元に戻るわ」

「え……？」

「でもまたすぐにガシガシ消失していくから。最低でも月1で女の子とヤれば問題ないわね！」

お……俺、セックスしないと死ぬ身体なの⁉　しかも月1⁉

「うう……風俗に行くほどお金に余裕もないのに……」

「だからスキルを使えばいいんだって！　だいじょうぶ！　とりあえずキスからはじめれば、あとは相手が勝手にショウのことを好きになるし！」

言い方……！　それにアミィちゃんの後背位に対するこだわりがすごい……！

「と、とにかく……！　女の子とエッチして、後背位でヤって好感度を稼いで。そのまま中出しすれば俺の寿命が戻って相手はイく……そして好感度50以上であれば、魔法少女にもなってもらえると……」

「その通り！　魔法少女にはクラスを付与することで、基本ステータスが確定するわ。ちなみにどんなクラスになるのかはガチャよ」

「ガチャなのか」

「ええ。被りはないから良心的でしょ？」

クラスと魔法少女の力を得た女の子は、その能力を発揮する際に変身するらしい。

見た目はこれぞ魔法少女……という装いになるのだとか。

「なんで魔法少女……？」

「わたしの趣味よ」

「趣味か」

「ええ」

言われてみれば、アミィちゃんの着ている服もどこか魔法少女っぽい……気がする。

「でもアミィちゃんに差し向けられた追手を追い払うだけなら、エゴポイントを大量に割いて生み出したメイドさんでもいいのでは……？」

高性能なメイドさんほど、維持に必要な資源ポイントが多いという話だけど、地道に支配領域を広げていけば、いずれは高性能メイドさんをそろえる余裕も出てくるはず。

「もちろん最高クラスのメイドにクラスを付与できれば、追手も強く警戒するでしょうね。でもそれだとわたしの封印が解けないのよ〜」

「あぁ……そういえば俺に封印を解いてほしいって言ってたよね。どうやったら解けるの？」

「ずばり、愛奴の数を増やすことよ！　ショウに愛と忠誠を誓った愛奴が増えれば増えるほど、よりわたしの封印も解けていくの……！」

つまりがんばって好感度100の魔法少女を増やさないといけないわけだ。

99までは後背位ピストンでもっていけるという話だったけど……。

「まぁ今すぐにどうにかなる話じゃないし。これについてはわたしも長い目で期待しているわ」

「直近に必要なアクションとしては、まず寿命の確保。魔法少女のスカウト。そして支配領域の拡大のため、コツコツと資源ポイントを稼ぐことか……」

どれも余裕はない。寿命もそうだけど、いつ追手が現れるかもわからないのだ。

急にすごい刺客が出現しても大丈夫なように、魔法少女やメイドさんといった戦力は整えておかなければならない。

「そういえばさ、メイドさんや魔法少女のスカウトにはエゴポイントが必要なんだよね？　それってどうやってためるものなの？」

資源ポイントはせっせと大幻霊石やアミィちゃんに素材を捧げればたまる。でもエゴポイントはわからない。

どうやらそのエゴが強い人物ほど、なにか欲望を満たす行動をとるたびにエゴポイントとして蓄積されていくらしい。

「ふっふっふふふん。人間の魂を侵食するエゴはね……ショウみたいな人ほどドス黒く煮えぎっているんだけど、普通の人はストレスの解消など健全な精神状態を維持することで、エゴの浸食は穏やかなものなのよ」

「はぁ……」

「でもショウみたいな人物は、己のほの暗い欲望を満たすと、とんでもなくエゴポイントがたまるのよね」

リア充は一つの行動で得たエゴポイントが0・5掛けになるのに対し、俺は10倍……ものによっては100倍もの補正が入るのだとか。

「そして！　ショウはこれまでの人生で承認欲求が満たされず、精神が歪みに歪んでいることもあり、もはやどれほど欲望を満たしても決してエゴが薄まることがないのよ！」

「ひどい言い方なんですけど！　いいかげん泣きそう！」

「つまり！　女性と性行為をしてどれだけ欲望を発散させても、エゴは薄まらないということ……！　死ぬまでなにしても大量にエゴポイントを稼ぎ続けられるステキ体質の持ち主……それがショウなのよ！」

そしてこれこそが、アミィちゃんが俺を契約者候補として目をつけていた最大の理由らしい。

エゴポイントであれこれできるアミィちゃんだからこそ、俺のような人物はとても貴重なんだとか。

（どちらにせよこのままだと死ぬし……！　やるしかないのは確かなんだけど……！）

一方でここで死んでも、だれかが困るというわけではない。

むしろこのまま罪を犯す前に人知れず消えるというのも、世の中的には正解なのでは……。

それでリア充どもの平穏な生活が保てると思うと、ものすごくくやしい気もするけど……！

ま、まだ俺はリア充の不幸を願うほど、落ちてはいない……っ！　はず……！

「あぁ、そうそう。支配領域も今はただの森だけど、うまくカスタマイズしていけば、地球のリゾート地のような環境も整えることができるわ」

「え……」

「そこにショウに忠誠を誓った魔法少女たちと一緒に住めば……夢の大ハーレムも作れるわよ！」

「…………っ！」

「それに資源ポイントで作成できるようになる物の中には、金のインゴットなんかもあるし、うまく売りさばけば、この世界有数の大金持ちとして成功できるかも？」

な……なんだって……！　ここでなら、俺は文字通り支配者として生きていける……⁉

それも女の子もたくさん、お金もたっぷりで……⁉

「どう？　ショウがその気なら、わたしはもちろん成功者への道を支援してあげるよ？」

日本では、同級生や弟をうらやましく思っていた。自分との立場の違いもあり、コンプレックスにもなっていた。

だからだろう。アミィちゃんの提案は、俺のそんなエゴ……コンプレックスを強く刺激するものだった。

「ち……ちなみにその金のインゴットって……日本にも持ち帰れたり……？」

「しないわ」

「しないのか」

「んー、どうせその浅はかな頭で換金しようと思っていたんでしょうけど……ゴールドの換金はいろいろややこしいから、やめておいた方がいいわよ。税務署に目をつけられたくもないでしょ？　日本だと会社員収入以外で稼いだ収入は確定申告する必要もあるんだから」

なんでそんなに詳しいんだ……。

そしてくやしいことに、確定申告とかまったく知らなかった。どうやらこちらの物を換金するのは、そこそこ危険な行為らしい。

「でもショウが望むのなら、日本での金策も考えておくわ」

「え、ほんと!?」

「ほんとよ。どちらにせよ支配領域を広げて、支配者《クエスター》としてのレベルも上げないと難しいけど」

やばい……！　ものすごくやる気が出てきた……！　具体的にどう魔法少女をスカウトすればいいのか、ヴィジョンがまったく見えていないけど！

それに日本での生活は、精神的にも満足いくものではなかった。でもここでなら、スローライフっぽく充実した日々を送れるのではないだろうか。

そのためにも早く支配領域のカスタマイズをいろいろ試してみたいところだけど。

「まずは資源ポイントをためて、整地から始めましょう！　さぁショウ！　外に出るわよ！」

「よぉし！」

モチベーションが上がったところで、アミィちゃんと地上に出る。そして適当な石や落ちている木の枝などをどんどん資源ポイントとして捧げていく。

また俺をここまで運んでくれた鉄部屋も資源として捧げた。

「うぅん……わかってはいたけど、やっぱり効率わるいわね……」

「仕方ないだろ⁉　俺じゃ魔獣なんて狩れないし……木を切る道具もなにもないんだし……」

さすがに木枝や石では、微々たるポイントしかたまらないようだ。ここでアミィちゃんは仕方ないとため息をついた。

「メイドを１人、顕現しましょう」

「え……。でもメイドさんって、維持するのに資源ポイントが必要なんだよね……？」

「そこまで強力なメイドにしなければ大丈夫よ。というわけで、ちょっとショウのエゴポイントを使って顕現するわよ～」

どうやらメイド顕現はアミィちゃんが行うらしい。彼女は目の前に現れた操作ウィンドウに指を走らせた。

「はい、顕現！」

俺たちのすぐ側にメイドさんが姿を見せる。茶髪ショートカットで、顔は整っているものの無表情だ。

「え、えーと……こんにちは……」

「基本的にしゃべらないし、自意識もあってないようなものよ。ただ命令に従うだけの、使い捨ての消耗品。それが彼女たちよ」

「え……そうなの……?」

まぁそんなポンポンと生物を創造できる方が異常か。

アミィちゃんが言うには、ゴーレムやらホムンクルスと似たようなものらしい。睡眠や食事も必要ないのだとか。

彼女の機能は資源ポイントの消耗で維持できるとのことだ。

「名前は……アイオンにしましょう！　ほらショウ。クラス付与してあげて～」

「あ、あぁ……。えーと……支配者《クエスター》たる我が汝にクラスを授ける……」

シュンッとアイオンさんの身体が光る。すると彼女のステータスが確認できるようになった。

■クラス　斧騎将〈アックスナイト〉
■属性　土
■武器　なし
■攻撃力　ましなほう
■防御力　低い

■機動性　やや低
■魔力　低い
「これは……斧騎将〈アックスナイト〉？　クラス名は強そうだけど……」

「おお～！　いいんじゃない～⁉　アックスナイトは馬の扱いも相当なものよ！」

「はぁ……」

クラス付与した対象は、俺が目に意識を集中させることでステータスを確認できるようだ。

「というかさ。攻撃力がましなほうとか、もっとこう言い方とかないの……？」

「ショウの支配者《クエスター》レベルが上がると、より詳細に記載されるようになるわ。最終的には数値化されるもの」

さらにはじめから武器を持った状態で顕現できるようにもなるらしい。まだまだ支配者レベル1だと限界があるということか。

「ここからはアイオンにも資源集めを協力してもらいましょ！　いったん大幻霊石の間へ行くわよ！」

「え？　なんで？」

「アイオンに道具を与えなくちゃ！　ちょうどさっき鉄素材を資源として捧げたし。ちょっとはマシな鉄製品が作れるんじゃない？」

てくてくと歩いて地下へと移動する。ちなみに支配者《クエスター》レベルが上がると、支配領域内であれば大幻霊石の間まで転移もできるようになるらしい。

　たぶんさっき記載のなかった、支配者スキルの一つなんだろうな……。

　大幻霊石に手をかざし、作成できる道具一覧を確認する。するとアミィちゃんの言う通り、いくつかの鉄製品が追加されていた。

「おお～……ナイフもある」

「せっかくだし、ナイフと斧を作りましょう！　斧はアイオンに持たせてね」

　言われた通りにナイフと片手サイズの斧を作り出す。

　斧は持ち手が木でできていた。これ以上の立派な斧は、さらに鉄を捧げないと作成できないのだろう。

「はいアイオン」

「アイオン。周辺の木を切ってちょうだい」

　指示を受けたアイオンさんはさっそく木を切っていく。結構な太さがある木にもかかわらず、手際よく伐採してくれていた。

「すごい……俺だとすぐに疲れて、あんなに動けないよ……。でも魔獣とか大丈夫かな……」

「それが一番の心配なのよね～。さっきの魔獣が出たらアイオンでも厳しいだろうし……大幻霊石の間に撤退するしかないわね」

　どうやらアミィちゃんも、魔獣の脅威がネックになっているようだ。

　強いメイドさんは維持コストが大変だし、いちいち使い捨てにしていたらエゴポイントがもったいないとのことだった。

「そうそう、それからね。資源ポイントとして捧げられるのは、あくまで支配領域内にある物に限られるから」

「え……？　それってつまり……」

「支配領域外の物に関しては、こちらから干渉できないということよ」

もし鉄素材などを領域の外で手に入れたら、一度支配領域内まで持ってくる必要があるらしい。

まぁそりゃそうか。もしそんな制限がなければ、町に出て目についた物をかたっぱしから資源として捧げればいいのだから。

また資源ポイントを消耗して作成した物を資源として捧げた場合、消耗したポイントの約20%が戻ってくるとのことだった。

つまり100円で買った物を20円で売るみたいな感じか。損しかしないな。

「いろいろルールがあるんだな……」

「支配者《クエスター》の力は、支配領域の広さと相関するわ。支配領域内であれば、いずれ全能の存在にもなれる……そんな可能性しかないクラスなのよ！」

会話をしながらアイオンさんの切った木材をどんどん資源として捧げていく。日が沈みはじめたころには、周囲から木がなくなっていた。

「すごい……疲れ知らずのメイドさんとはいえ、こんなに大量の木を……」

「よぉし！　これだけ木材があれば、いろいろ作れるでしょ！　暗くなってきたし、さっそく整地して家を作りましょ！」

「家……？」

大幻霊石の間に戻り、ウィンドウを展開する。すると作成可能リストが大幅に更新されていた。

「うわ……。すごいたくさんある……」

「確認の前にまずは整地よ。ショウ、周辺を更地にして」

「あ、ああ……」

言われた通りにウィンドウを操作し、大幻霊石の間に続く階段近くの土地を更地にする。

更地にする際、木などが少なければ少ないほど、消耗する資源ポイントを抑えられるようだ。

「これで更地になったのかな……？」

眼前に映る映像では、ちゃんと更地になっている。外に出ればこの通りになっているのだろう。

「それじゃ今度は、そこに家を設置しましょう」

ウィンドウを確認すると、小屋が選択できるようになっていた。小屋をタップすると、配置する場所や大きさを変更できる画面になる。

どうやら更地部分であれば、どこでも配置できるようだ。また大きさを抑えることで、資源ポイントの消費も少なくすることもできた。

「これくらいの大きさでいいかな……？」

六畳くらいの広さを持つ小屋を更地の上に設置する。これで地上に出れば、すぐ側に小屋が建っているはず。

「続けて配置した小屋をタップしてみて」

「ああ」

映像の小屋をタップすると、中の様子が映し出された。床もちゃんと木でできている。すごい。

「そのまま小屋の中にいろんな物を配置できるわよ。確認してみて～」

「わ……ほんとだ」

そこそこ資源ポイントを使うけど、簡易ベッドも置ける。それに明かりも。

俺はさっそく狭い小屋の中にベッドを配置した。その他、テーブルや水瓶も配置する。これで飲み水にも困ることはなさそうだ。

「まさか水まで作りだせるなんて……」

「魔獣を捧げたし、簡単なお肉も出てくるんじゃないかしら？」

「どれどれ……って、本当だ！　生肉（品質D）がある……！」

肉や野菜も数多く捧げることで、作成可能な食材も増えていくとのことだ。ただし調理はこちらでする必要があるらしい。

というか本当に資源ポイントだけで衣食住が賄えるのか。すごいな。

「あと柵ね！　ちゃんと小屋の周りを囲っておきましょ！」

「そうだね」

柵も低いものから、けっこうな高さのある柵もある。いずれも木製だ。

俺はそこそこの高さがある柵を作成すると、それで小屋を囲った。ついでに小屋の外に、簡易テーブルとイスを用意し、肉を焼けるように焚火を設置する。

「こんなもんかな……？」

「そうね。外に出て確認してみましょ！」

階段を登って地上に出る。今日だけで何往復しただろうか……そこそこ足がいたい。

「おお……！　すごい……！」

外に出ると、映像で見た通りの景色が広がっていた。背の低い小屋に立派な柵、それにテーブルとイス、焚火もある。

小屋の中もちゃんとベッドと水がたっぷり入った瓶、そして照明があった。

アイオンさんに見張りをお願いしつつ、ナイフで切った謎の生肉を木の枝に刺す。そして焚火の火であぶってかぶりついた。

「おお……！　う、うまい……！　塩とかなにも味をつけていないのに……！」

「うえぇぇぇ……ま、まずいぃぃぃ……。肉質も気持ちわるいし、獣くさいし……」

アミィちゃんと正反対の感想になるとは……。モヤシ生活を続けている俺からすれば、これだけの肉が食えるのは大変ありがたいことだ。

　ちなみにトイレはまだ作成できなかった。仕方ないのでこればかりは外で済ませるしかない。

　そんな感じで、早朝からいろいろありすぎた異世界生活の1日目が終わったのだった。

　慣れないことだらけで疲れもたまっており、ベッドに横になるなり秒で意識を手放す。

　そして2日目。目覚めた俺は水を使って顔を洗う。そのまま外に出て驚いた。

「これは……⁉」

「あ、ショウ。おっはよ～」

　なんと周囲からほとんど木が消えていたのだ。昨日は小屋の周辺の木がなくなっただけだったのに……。

「アイオンに見張りをしてもらいつつ、一晩中働き続けてもらったの！　おかげで支配領域内の木は全部資源ポイントに変換できたわ！」

「おお……すごい……。というかアイオンさんは大丈夫なの……？」

「大丈夫だって言ったでしょ！　資源ポイントさえ供給されれば、問題なく動き続けられるもの！」

　あらためてアイオンさんは、見た目が人間なだけの別生物なのだと理解する。

　睡眠食事排泄不要で年中無休営業とか……労働力革命が起きそうだ。

　ただし支配領域から出ると、資源ポイントは供給されなくなるため、基本的には活動し続けられるのは、支配領域内のみなのだ。

　朝食も済ませたところで、俺はアミィちゃんに気になっていたことをたずねた。

「そういえばさ。いちおう、日本にも帰れるんだよね……？」

「ええ。でも少なくないエゴポイントを消耗するわ。あ、あと、一度向こうに行くと、こっちに戻れるようになるまですこし時間がかかるから。逆もしかりだけど」

どうやら転移すると、インターバルが発生するらしい。いつでもどこでも即座に転移可能……とはいかないようだ。

「バイトもあるし……一度日本に帰ったほうがいいかな……？」

「えぇ～？　バイトはさすがにもう辞めたら～？　それとも店長の手がついたＪＫちゃんを狙っているの？」

「ちがうよ⁉」

でもそうだな……バイトをやめるのも、選択肢の一つかもしれない。

これからの人生、こっちでスローライフを充実させる方向に舵をきったほうが、実りありそうな気がする。

「まぁ好きにしたら～？　往復を考えると、どこかでエゴポイントを稼いでおきたいところだけど……」

「エゴポイントって、俺が自分の欲望を満たす行為を取ればたまるんだよな？」

「ええ！　とくにショウの場合は、他人の尊厳を踏みにじる行動を取れば、ものすごくエゴポイントが稼げるわよ！」

「ぐ……」

　ここでなんでだよ……とか言えば、またいろいろ具体的に俺のパーソナリティを上げられ、徹底的に尊厳破壊されるのが目に見えている。ここは黙っておこう……。

　だが欲望を満たす行為をいくつか思い浮かべたタイミングで、アイオンさんの姿が目に入る。

　若干のためらいはあったが、ここまできてなにも隠す必要もないので、俺はアミィちゃんに確認してみることにした。

「ね……ねぇ。もしだけどさ……」

「アイオンを犯した場合、エゴポイントはたまるのかって？」

「なんでわかったんだよ⁉」

　自意識を持たない働き者のアイオンさん。無表情だが、顔自体はかなり整っている。

　もし彼女といたすことができれば、けっこう欲望を満たせるのではと思ったのだ。

「アイオンには穴がありませーん。残念でしたー」

「え……そ、そう……」

　それは非常に残念。メイドさんを並べてのハーレムプレイも可能なのでは……⁉　と、考えていたのに……。

「あ、でも。おっぱいの弾力はあるし、キスもできるし。疑似的な性行為は可能よ？」

「な……なるほど……？」

「まぁ結局穴はないからね～。おっぱい揉んでキスして興奮して、自分でヌくか素股してもらうかだけど」

つまり超贅沢なオナニーということか。それはそれでかなり興奮しそうだし、ものすごい射精量になる気がする。

こちとら女性の身体に触れたことのない、清いままの身体だからね……！

「魔法少女のスカウトに性行為も必要になるし。腰振りの練習にはいいんじゃない？」

「ま……まぁ、どこかでそういう練習もしようかな……？」

というかそうだよ。はやくエッチしないと、こっちはこうしている今もどんどん寿命が削れていっているんだった。

「どちらにせよこの森からは出られないし、日本で魔法少女候補を探すしかないよね……」

「んん～～……わたしとしては、できるだけこっちの世界で魔法少女をスカウトしてほしいんだけどな～」

「え……どうして？」

アミィちゃんは目の前まで飛んでくると、人差し指を立てる。

「ここを拠点にするからよ。日本で魔法少女をスカウトしたとして、支配領域に連れてくることも可能だけど、ずっとここに住まわせるわけにもいかないでしょ？」

「あ……」

俺は日本にいてもいなくても変わらないが、多くの人はそうではない。

日本と異世界の生活を両立するのもむずかしいだろう。それにキスで発情させられても、そのまま性行為に移れるという保証はない。もし相手に逃げられでもしたら、不審者にいきなりキスされましたという事案が発生する。

そもそも俺には時間がない。日本で一から知り合って交友を深め、キスまでもっていくころには寿命が尽きているだろう。つまりスキル頼みで多少強引にキスをする必要がある。

ところが、その頼みの綱のスキルが不発に終わった場合……まぁ連日ワイドショーを騒がせることになるだろう。

失うもののない俺は無敵の人……と言いたいところだが、ここでもプライドが顔をのぞかせてしまう。すなわち、弟や幼馴染のミヤコちゃん、そして両親の反応だ。

ただでさえ不出来な息子だと思われているのに……！　事件を起こした日には「あぁ、やっぱりな。いつかやると思っていたぜ」とか思われそう……！

それに実家には連日、マスコミがやってくるだろう。インタビューに答えた母は、顔にモザイクがかけられた状態でこう言うのだ。

『正一とはとっくに縁を切っております。もう何年も会っていないし……事件を起こしたと聞いても、はぁそうなのとしか……。親の責任？　正一も立派な大人ですから。私には関係ありません』

そこから自称同級生やらなんやらが現れ、あることないこと吹聴するだろう。そして彼らは俺をバカにしながら、心の中では愉悦感に浸っているのだ。

俺はあいつに比べるとはるかに素晴らしい人生を送れている。まともな知性と精神を持っている。あいつとちがってできた人間でよかったと。

「おのれ……っ！　ゆるさんぞ……っ！」

「急になに⁉」

は……⁉　ついつい自分の妄想で怒りが漏れ出てしまった……！

「と……とにかく日本では、未使用のスキルを試すにはリスクがあると……」

「まぁ大丈夫だとは思うんだけどね～。でもショウも、一度スキルの効果を実感してからの方が使いやすくなるでしょ？」

「ああ……それはまぁ……」

「そこでまずはこっちの世界で試してみましょう！　ということなのよ！」

たしかにここだと、不審者からキスされてもテレビ放映されることはないだろうけど。

「どっちにしてもハードルが高いんだけど……」

「日本よりはマシでしょ。だってここ、どう見ても剣と魔法の異世界ファンタジー世界だし。どうせ人権もないし、場所によっては治安も世紀末ヒャッハーよ。昨日のお姫様を見た感じ、貴族が幅利かせている封建社会な匂いもびんびんだったし～」

大いにありえる……！　というかそうだ、アミィちゃんも姿を消していただけで、あの場にいたんだった……！

「というわけで、バイト先への連絡はあきらめて、しばらくはこっちの世界で行動しましょ！」

「まぁいいけど……でもどうやってこの森を出るのさ？　それにどこを目指せばいいわけ？」

アミィちゃんはここでえっへんと胸を張る。

「森を出るのは、もうすこし支配領域を拡大させてからね！　地道に資源ポイントを稼げば、質のいい武器や防具も作れるようになるもの！」

つまり危険な森を抜けるための装備を整えましょうと。

「どこを目指すかだけど……ここで役に立つのがアミィちゃんの魔眼ってワケ！」

「ま……魔眼だって……!?」

すごくいい響きだ……！　なつかしいな……俺も中学生の時は魔眼を持っていたものだ。

「わたしの両目は陽彩《ひいろ》の魔眼と呼ばれているの。これを使えば、ショウの運命が大きく変わるであろうおおよその場所が見えるのよ！」

「よくわからないけどすごそう！」

どうやら俺の今後を左右する場所がざっくりとわかるらしい。

だがそこでなにが起こるのか、いいことなのかわるいことなのか。それはわからないとのことだった。

また普通の人は、この魔眼を使っても大したものは見えないらしい。

ところが今の俺は、最長でも寿命が1ヶ月しかない状態だ。つまり運命を左右どころか、常に命運を左右され続けている。

この状況で魔眼を使えば、高確率で寿命を永らえさせるための手段……要するに魔法少女候補となる女性と、運命の出会いを果たす場所が見えるだろうとのことだった。

「さすがアミィちゃん……！　なんだよ、魔法少女スカウトも楽勝じゃないか！　さっそく見てみてくれ！」

「はいはーい！　いくわよ～！」

アミィちゃんの両目が陽光のように輝く。おお……本物の魔眼だ……！

「…………」

「ど……どう……？」

「…………」

「……………。あ……アミィ、さん……？」

俺の今後がかかった重要な場面だ。とにかくアミィちゃんの見たものに従って、森を出ればいい。

そう信じていたが、アミィちゃんからはなかなか反応が返ってこない。そしてとうとう輝いていた両目が光を失った。

「あ……あの……？」

「うーーーん……おっかしいなぁ。なぁんにも見えなかったわ」

「え……えええええぇぇぇぇぇ!?」

「こんなにキレイになにも見えないなんて……？」

おいおいおいおい、それじゃなにも解決しないんですけど……！　俺の寿命、推定あと４週間なんですけど……!?

「ど、どどど、どういうこと⁉」

「まぁまぁ落ち着いて。もしかしたら、まだその時じゃないってだけかもだし」

「もう余裕ないよ⁉」

「それじゃこうしましょう。明日から毎日、魔眼でショウを見るわ。２週間経ってもなにも見えなかった場合……」

「見えなかった場合……？」

「日本でがんばるということで」

まぁ……そういう感じになるか……。

「たとえ魔法少女にスカウトできなくても、後背位でエッチして中出しすれば、寿命は元に戻るから。まぁ日本にはそういうお店もあるし、なんとでもなるでしょ！」

「いやいや⁉　それもそれでやっぱりハードル高いって！　そもそもそんなことに大金を使ったら、生活そのものができなくなるよ……！」

貯金なんてほとんどできていないんだし！　はぁ……寿命のプレッシャーが半端ない……。

しばらく支配領域開拓を続けることになりそうだ。

結局異世界２日目は木を切った場所を整地し、溝を掘って外敵の侵入を防ぐ工夫を凝らして終わった。

■

「モンド。勇者の様子はいかがですか？」

わたくしに名を呼ばれた男……第一騎士団団長のモンドはヒゲを撫でながら口を開いた。

「はい、教育は問題ございません。エグディア帝国は魔王が支配する邪悪な国だという印象を持っております」

「あら、実際に邪悪な国ですよ？」

「はは、失礼しました。その通りですな」

エンメルド王国第一王女であるわたくしヴィオルガは、今から5日前に勇者召喚を行いました。

まさかあんな古い魔法陣がうまく機能するとは思いませんでしたが……実際に召喚できた時は本当に驚いたものです。

でも魔法陣は修復不可能なくらいに破損してしまいました。もはやどれだけ常識外れの魔力リソースを割いても、起動することはないでしょう。

「実力の方はどうなのです？」

「そこはさすが勇者といったところですね。接近戦はまったく経験がないため、まるで使いものになりませんが……身に宿した魔力は強大です。また快癒の勇者の能力には大変驚かされました」

モンドの報告によると、快癒の勇者はあらゆる傷を瞬時に癒せるのだとか。

癒しの魔術は大陸でも数名にしか扱えません。あれは特殊な血筋にのみ許された魔術ですからね。

それでも話を聞く限り、快癒の勇者ほどの回復力はないでしょう。下品な女ですが、腐っていても勇者ということですね。

「魔杖の勇者はさまざまな攻撃魔術を習得しました。我が国自慢の導師の面目が丸つぶれですな」

あのうるさい女ですね。戦力にカウントできるなら問題はありません。

「身体能力を大幅に強化できているのは大樹の勇者です。俺の秘宝珠でもあれほどの強化は不可能でしょう」

「あら……それほどですか？」

「ええ。そしてそんな大樹の勇者に近い身体能力の強化ができ、攻撃魔術も操れるのが聖剣の勇者です」

伝承では聖剣の勇者は、両手を天にかざすと聖剣を顕現できたといいます。ムロ様であれば、いずれ聖剣を生み出せることでしょう。

しかし秘宝珠なしで、身体能力の強化までできるとは……。

「そういえば。聖剣の勇者ムロ殿と姫様は昨日、食事の席でえらく親しげにしておられましたな?」

「ふふ……ええ。わかりやすく口説かれましたわ」

「はっは。我が国の第一王女を口説かれるとは……貴族たちがどんな顔をするか見ものですなぁ」

ムロ様は他にもメイドたちを口説いているとか。対帝国を見据え、モチベーションにつながるのなら、女を何人かあてがうのも手ですね。

いずれにせよ貴重な戦力です。簡単に失うわけにはまいりません。彼らには勇者としての力を成長させてもらう必要がありますからね。

「勇者投入について、陛下はなんとおっしゃっておられるのですか?」

「1ヶ月様子を見て使いものになるようであれば、そのまま前線に投入する気です。その功績次第で、貴族位をお与えになられますわ」

「なんと……」

いずれにせよ勇者を前線に投入すれば、他国にもすぐに知られるでしょう。他から注目されるよりも前に、我が国の貴族として囲うのは当然と言えます。

「騎士団としては勇者様方のご活躍に期待したいところです。……ところで2点ほど気になることがあるのですが」

「なんです?」

「1点目は、勇者たちの帰還方法についてです。彼らは全員、自分たちが敵を倒せば召喚陣に魔力が充填されると本気で信じています。もし帰還方法はないと知ったら……」

「言わなければ決してバレませんよ。だれかが告げ口でもしない限りは……ね？」

そう言いながらモンドと視線を合わせます。

そう、事情を知っている者がわざわざ言わない限り、勇者たちは気づかないでしょう。

もし告げ口以外でウソだとバレるとすれば、エグディア帝国皇帝を討った時でしょうか。

設定ではその時こそ、召喚陣に完全に魔力が充填されるということになっていますからね。

ですが、その可能性は限りなく低い。いくら一騎当千の力を持っていても、4人だけでできることなど限界があります。

そもそも皇帝を討てるほどに力を成長させたのなら、帝国に攻め入る前に勇者たちはこの世からいなくなっているでしょうし。

まぁムロ様であれば、忠誠を誓うことを条件にそのままにしておいてもいいのですが。

「2点目は？」

「例の5人目についてです。勇者たちは、彼は我らが安全な場所に移したと信じております」

「…………あぁ。あの醜悪極まる野獣のことですね。同じ空間で息を吸うことの苦しみったら……今思い出しても吐き気がします」

異界から召喚される勇者は4人。それなのにあの時、なぜか5人目の野獣が召喚陣の真上から現れました。しかも全身をずぶぬれにして。

何度吐き気をこらえたことでしょう。わたくしはアレを遠ざけるため、貴重な魔鳥スカイグーンを使ってまで魔窟の森に捨てさせました。

魔窟の森は我が国とエグディア帝国、それにシャイタル大共和国に囲まれた緩衝地。深層には凶悪な魔獣が住み着いており、瘴気の濃さからスカイグーンが近づける場所も限られている。どこの国も開拓できず、領土を主張できない特殊地帯。

……そういえば前に妹とその一派を、あの森に放逐したのでした。

反乱を企てていたところを捕え、魔窟の森を開拓させるという死刑……いえ、その地の領主に封じるという恩赦を与えたのでしたね。

もし開拓に失敗して戻ってきたら、人質となったアレがどんな目に遭うのか理解もしていますし、あの野獣と同様、今ごろ森の中でこと切れているでしょうか。

「あの野獣についても、王都から離れた安全地帯にいると言い続けなさい。それでなにも問題ないでしょう」

「は……ではそのように」

「それにしてもあの野獣が勇者でなくて、心底ホッとしました。もしアレが勇者だったと思うと……毎日が絶望の日々に様変わりするところでしたし」

「……そういえば。あの男、隷属印の反応もありませんでしたな」

あの召喚陣で召喚された者は、隷属印が右手の甲に刻まれます。

4人の勇者には全員、隷属印の反応が見られましたが、あの野獣にはそれがありませんでした。

「召喚陣のエラーでしょう。古《いにしえ》の装置です、正常に機能したことが奇跡的なのかもしれません。いずれにせよあの野獣ももう死んでいます。どうでもいいことでしょう」

「帰還のウソと5人目所在のウソ。仮にバレても、隷属印で従えさせることも可能と……」

「そういうことです。できるだけ本人たちのやる気に水を差したくないので、今は隷属印の存在を伝えていませんが……いざとなれば奴隷としての使用も可能ですからね。フフ……今はせいぜい勇者様として扱ってあげなさい」

「はい」

さて……大共和国から資金援助を受ける方策を進めるため、お父様と相談する必要がありますね。

そろそろアレの人質としての価値もなくなった頃合いですし……ここで邪魔な妹たちには全員消えてもらうとしましょう。

第二話　運命の姫騎士

アミィちゃんに初めて陽彩の魔眼で視てもらってからはや13日。今日もなにも視えないとのことだった。

「うーん……まぁ運命なんて気まぐれで編まれるようなものだし！　こんなこともあるでしょ！」

「こまるんですけど⁉」

うう……これで俺の寿命はあと約2週間……。

こんなに間近に明確な死が近付いてきた経験など、まったくもって味わったことがない。当たり前だけど。

「まぁまぁ、予定どおり、明日視てなにも変化がないようだったら、日本行きを考えましょ」

「そっちもそっちでハードルが高いんだけどね……」

なくなりつつある寿命に強い危機感を覚えてはいるものの、この地に来てからの日々はそれなりに充実していた。

今では支配領域はキレイに整地できているし、外敵を警戒して堀を掘って柵も備えている。

それに支配領域の外ではあるものの、果実のなる木や川を見つけた。アイオンさんには連日、そうした果実や水を持ってきてもらっては資源ポイントに変換している。

ちなみに魔獣の襲撃は一度あった。なすすべなかった我々は大幻霊石の間へと逃げ込み、魔獣が去るのを待つしかなかった。嵐が去って外に出ると、小屋は壊滅していた。

なので今の小屋は2つ目となる。

(はぁ……やっぱり戦力がほしいな……。でもまぁ……こうして一から土地を開拓していくのは、なんか楽しいかも……)

まだ小屋と柵以外になにもないけど、いずれ立派な感じに発展させて、メイドさんや魔法少女たちと暮らせる日がくると思うと、やる気も出てくるというものだ。

それに金銭の負担なく、衣食住が保障されているのもメンタル的に大きい。数年ぶりにのびのびとできて……はいないか。危険地帯のまっただ中だし。

顔を洗って大幻霊石の間へと移動し、ウィンドウを開く。そして支配領域の状態チェックを行うところまでが、朝のルーチンワークである。

「おお……またいろいろ増えてる……」

「うんうん。順調ね！」

木製でそこそこの家も作成可能になっている。また石造りの小屋も新たに作成できるようになっていた。

「この数日でショウもそこそこ腰を振れるようになったし！　支配領域もショウも成長して、わたしも誇らしいわ～」

「ま……まぁ……」

アミィちゃん指示のもと、アイオンさん相手にちょっと練習させてもらっていたからね……。

そんな夜の時間を思い出していたが、作成可能リスト一覧を映すウィンドウ内に気になるものを見つけた。

「あれ……アミィちゃん。これは……？」

「んん～～……？」

そこにはこう記載されていた。

■支配者スキル・水麗閃《すいれいせん》　使用回数1

「支配者スキルってあるけど……」

「なにこれ……？　普通だと支配者スキルというのは、支配者《クエスター》レベルの上昇に合わせて習得できるものなんだけど……」

「そうなの？　でもこれ、明らかに資源ポイントで購入できるやつだよね？」

だって作成可能リストに記載されているんだし。というかアミィちゃんでも知らないことがあるのか……。

「ちょっと調べてみるわね。ん～と、どれどれ……ふんふん……」

アミィちゃんはしばらくウィンドウに目を向けていたが、くるりとこちらを振り向いた。

「わかったわ。これ、簡単に言うと超水圧ビームね！」

「なにそれ？」

「たぶん連日にわたって水を資源ポイントに変換しまくっていたからでしょうねー」

どうやらこのスキルを作成すると、俺は水圧でなんでも撃ち貫ける水鉄砲を放てるようになるらしい。

「すごい……！　魔法みたいだ……！　これはぜひ使ってみたい……！」

「でも使用回数に制限があるわね。一度使用したら、再度作成しないと使えないわ」

で、その際にはまた資源ポイントを消費すると。消費ポイントは決して安いものではないが、それでもこれは作成しておくべきだろう。

もしかしたら魔獣にも通用するかもしれないし。それにスキル名かっこいいし。魔法使ってみたいし。

「というわけで作成」

作成可能リストにあったスキル名の文字色がグレーになる。一度発動させるまで、再度の作成はできないのだろう。

「発動させるには、スキル名を唱えればオーケーよ」

「了解。さっそく使って……」

「ポイントがもったいないでしょ！」

ざんねん。アミィちゃんに止められてしまった。

「でもこういう感じで、他にもスキルが作成できるようにもなるのかな……？」

「その可能性はあるでしょうね」

「というかアミィちゃんの力なのに、わからないスキルとかあるんだ？」

支配者《クエスター》の力は彼女との契約で得たものである。つまりはアミィちゃんの力といっても差し支えない。

それなのに水麗閃なるスキルは知らなかったという。

「まぁ支配者がどのようなものを作成できるようになるのか、それは契約した対象によって大きく変わるからねー」

「そうなの……？」

「そうなのよ。たぶんショウなら、そのうち自転車とかガスコンロなんて物も作れるようになるんじゃないかしら。あ、あと夜の性活に使える各種コスチュームなんかもね！」

「…………………っ！」

なんと……！　そんな娯楽品……というか、嗜好品まで作れるようになるなんて……⁉　すごい、本当に可能性しかないじゃないか……！

これはなんとしても生き延びなければ！　そしてここをどんどん発展させていきたい……！

俺の脳裏ではきわどい水着を着た魔法少女たちが、高層ビルの上層階内にあるナイトプールで遊んでいる姿が映し出されていた。

いい……大変すばらしい……。欲望の奔流がとまらない……。

「うんうん。すばらしく低俗で質のいい欲望を感じるわ！　ところでこのぶんだと、明日にでも支配領域を一段階拡げられそうね！」

「え……そうなの？」

「それだけ資源ポイントもたまってきたというわけよ。スキルを購入しなければ、昼過ぎにはできていたでしょうけど……」

「はぁ……」

たしか一定量の資源ポイントを消費することで、支配領域を拡大できるはず。で、それに応じて支配者レベルも上昇すると。

支配領域が広がると、より効率よく資源変換ができるようになる。

それに作物などを作れるようになったら、領域内で資源ポイントを循環させることもできるかもしれない。

アミィちゃんの話によると、支配者レベルに応じて作成可能な物がより高品質になっていくらしいし……支配領域拡大も優先してとりかかったほうがいいな。

「それじゃ今日も領域を出て、資源になりそうな物を回収してこようか」

「そうね！　アイオンにはまた木の実と水を運んでおくように指示を出しておくわ！」

この数日で、狭い支配領域内では資源に変換できるものがほとんどなくなってしまった。そのため領域の外に出ていたのだ。

アイオンさんはそれほど強力なメイドではないので、存在を維持するための資源ポイント消費量も少なくて済む。そのため短時間であれば、領域を出ての活動が可能なのだ。そんなわけで彼女も一緒に、領域外で活動する機会もあった。

とはいえどこに魔獣がいるかもわからない。領域外では常にアミィちゃんに警戒してもらい、魔獣が確認できたらすぐに拠点に逃げ帰るようにしている。

「今日は西の方に行ってみようか」

方角を誤っていなければ、俺が召喚された国はここから西にある。そのためなんとなく捜索を後回しにしていた地域だ。

真上から見た通り、このあたりは基本的に森になる。道なんてないし、場所によっては草木が生い茂りすぎて立ち入れない。

俺はナイフで伸びた草を切りながら、慎重に足を進めていた。

「はぁ……領域内だったら、遠慮なく木を伐採するのに……」

「ここじゃ伐採しても、資源として捧げられないからね～」

そのため木の実や果実を見つけたら、アイオンさんに採取をお願いする形になる。

「欲を言えばそろそろ魔獣も資源ポイントに変換したいんだけど～」

「そりゃ俺もだけどさ。あんなでかい魔獣、たとえ仕留められても領域内までは運べないよ」

「たぶんアイオンに頼むと、時間はかかるだろうけど持ってきてくれるわよ」

「まじで」

さすが疲れ知らずのメイドさん。

うーん、資源ポイントに余裕があれば、戦闘力もあるメイドさんを作るんだけどな……。

「あ、ショウ、川があるわ」

「ほんとだ」

「というか、この先、湖になってる」

「え!?」

まさか拠点からすこし西に進んだところに、湖があったとは。

釣りとかできれば、魚を資源ポイントにできるんだけどな……。というか普通に魚が食べたい。

「そりゃいいや。裸になって身体を洗おうかな……?」

「いつも洗っているじゃない」

「そうだけど、やっぱりちゃんと体まで浸かりたいというか……」

「湖はお風呂じゃないわよ?」

「わかってるけど」

思えば1Kアパート暮らしの時も、いつもシャワーで終わらせていた。お湯の張った風呂なんて数年入っていない。

なんにせよ湖の様子は見ておきたい。あわよくば魚が食べたい。そう考えた時だった。

「あれぇ……?」

「ん? どうしたの、アミィちゃん。というか魔眼、発動してるよ?」

いつの間にかアミィちゃんの両目がお日様の色に輝いている。

「なんか急にショウの運命分岐点が見えたわ」

「え⁉　なにそれ⁉」

「わかんないけど……どうやら湖に行くと、なにかしらイベントが発生しそうね！」

「湖に……？」

どういうことだろう。まぁどちらにせよ行くつもりだったけど。

「こんなところに人がいるとは思えないけど……」

「人とは限らないわ。どんな運命が待っているのかはわたしにもわからないし。ものすごい魔獣がいるかもしれないし、あるいは珍しいなにかを発見するのかもしれない。生きるも死ぬもわからない」

「でもそこに行けば、なにかが起こるのは確実であると……」

怖ければ……あるいは今の生活に満足していれば、あえてそうした運命分岐点に向かう必要はないだろう。

だが俺はこのままだと死ぬ身である。そして自分からアクションを起こしにいかなければ、開きかけた未来を手にすることもできない。

「……行こう」

「お！　いいのぉ？」

「ああ、それにこんな森の中でなにが待っているのか……やっぱり気になるし」

どこか焦りを感じながらも、湖に向かって足を進める。草むらをかきわけ、いよいよ目的地の湖が眼前に映る……が。俺の目は湖ではなく、そのほとりにいる存在を映し出していた。

「…………っ！！？」

そこにいたのは金髪の女性だった。見間違いでもなんでもない。そこには確かに人間の女性がいたのだ。

ただし意識がないのか、女性は湖のすぐ側に倒れていた。

「ひ……人……!? こんなところに……?!」

俺も上空から見たからわかる。魔獣もうろつくようなこんな森の奥地までやってくるのは、かなり危険な行為のはず。実際俺はここで自分以外の人間と出会うなんてことは考えていなかった。

「ショウ！　ちょっと様子を見てみましょ！」

「あ……うん……」

呆けていたけど、アミィちゃんの言葉を受けて足を進める。そして女性の側まで移動すると、しゃがみ込んで至近距離で顔を覗き込んだ。

うわ……すごい美人だ……。

瞳は閉じられているが、大きいのがわかるし、つり目をしている。

金に輝く前髪は両サイドを伸ばしており、後髪は頭頂部でまとめていた。地球でもさまざまな色合いの金髪が存在しているけれど、この女性の髪色はかなり明るめの金髪だと思う。

でも眠っていてもわかるくらいに顔色に疲労の色が見えるし、服も汚れている。それでもな

んというか……気品というか、生まれ持っての金持ちオーラというか。そういうのが半端ない。

「ぜったいにすごくいいところのお嬢さんだよね……？」

服は動きやすそうな見た目をしているけど、素人目でも高そうに見える。ゲームに出てくる騎士服っぽいというか。

そう思っていると、女性のすぐ側にはこれまた立派な装飾の長剣が落ちていた。柄には大きな宝石が付いているし、これもこの女性の持ち物で間違いないだろう。

「もしかしなくても……女騎士⁉」

「お姫様っぽいし、姫騎士かも？」

「……………！」

ひ……姫騎士……！　言われてみればものすごくそれっぽい！　いいよね、姫騎士！

こう、女騎士の気位の高さに上品さと高貴さが混じる感じが。最初に姫と騎士の融合を考えた人は天才だと思う。

しかしこんなに間近で、これほど綺麗な女性の顔を覗き込んだのは初めてだ。なんだかドキドキしてくる。

「すぅ……すぅ……」

小さな唇から静かな呼吸音が聞こえる。あの唇……ものすごく柔らかそう……！　それに女性の呼吸に合わせて、胸が上下しているのもいい。

俺は女性が目を覚まさないのをいいことに、さらに顔を近づけさせる。

「んっふふ〜！　ちょぉっとくらいイタズラしてもバレないんじゃない？」

「んへ⁉　い、イタズラって⁉」

「もうっ！　言わなくてもわかっているでしょ〜」

まぁね……！　そんなわけで俺はためらいがちに、女性の胸に手を置いてみる。

「………！」

うわ……！　柔らか……くない。どうやらしっかりとした下着をつけているようだ。揉もうとしても全然揉めない。

でも地球でもまずお目にかかれないレベルの美人に、寝ているのをいいことにこういうイタズラをするのは……すごくいい……！

「思った通り、いい感じにエゴポイントがたまっていっているわよ！」

そういやアミィちゃん、俺は他人の尊厳を踏みにじる系の欲望を満たすと、よりエゴポイントがたまりやすいって言っていたな……。

いかにもクラスの人気者……いや。どこでも注目されるような超美形モデルさんを、寝ているのをいいことにイタズラするのは、ものすごく背徳感を覚える。今まさに彼女の尊厳を踏みにじっているのだと実感がわいてきている。

というか、この興奮……ヤバいな……！　クセになりそう……！　もっと欲望のままにイタズラしたい……！

そんなわけで今度は彼女の唇を覗き込んでみる。

「お……起きない、よね……？」

「古今東西、お姫様は王子様のキッスで起きるものよ！　ここは一発、むちゅっとかましてやりましょ！」

「え⁉　い、いやいや、まさかそんな……」

見たところケガとかはしていなさそうだ。呼吸も静かだし、たぶん疲れて眠っているだけだと思う。俺とアミィちゃんがここまで会話をして、胸まで揉もうとしたのに起きないところを見るに、相当疲れているんじゃないだろうか。

そんなわけで、俺は口ではためらっていたくせに、ドキドキと心臓を鳴らしながら自分の唇を女性の唇へと近づけていく。

寝ている間に、これほど綺麗な女性の唇を奪ったら……ものすごくエゴポイントが増えそうな気がするよ……！　そう、これはすべてエゴポイントを稼ぐため……！

という自己弁護を得ていよいよ女性の吐息が直接感じられる距離になった瞬間。

パチッとその両目が見開かれた。

「…………………」

「…………………」

わぁ……透き通るような青い目をしてる……。

「きゃあああああああああああ⁉」

「んぶべっ⁉」

現実逃避をしていたのも束の間、俺は強烈なビンタを受けて真横に転がってしまった。

その隙に女性は側にあった剣を掴むと、俺からかなり距離を取る。そして素早く鞘から刀身を露わにした。

切っ先をこちらに向けたまま、敵を見る目で睨んできている。当たり前だけれど、これまでの人生で剣を向けられたのは初めてだ。

え……も、もしかして、これ……かなりまずい状況じゃ……？

「男……それに……妖精……？　お前たちは何者なの？　どうしてこの魔窟の森にいるの？ここはそれなりに奥地になる……人がいるはずがないのに」

まずい……！　彼女からすれば、俺は寝ている間にイタズラしようとしていた不審者以外のなにものでもない……！

ここで回答を誤れば、ためらいなくあの剣を振るってくるだろう。アミィちゃんの見た運命は、俺がこの美女に斬り殺されるというものなのかもしれない。

「わたしたちはこのあたりに住んでいるのよ！　あなたこそ何者よ⁉」

「このあたりに……住んでいるですって……⁉　見え透いたウソを……！　魔窟の森に……それもこんな奥地をわざわざ居住地に選ぶものがいるものですか！」

「ここにいるんですけど⁉」

まぁここが拠点になったのは成り行きもあるけどさ……！

しかしあらためて見るとこの人、やっぱり騎士かなにかだろうか。

服装もさることながら、こうして剣を構えている彼女は、なんというか……すごく様になっている。やはり剣の鍛錬を積んできた人なのだろう。

「……もし本当にこのあたりに住んでいるというのなら、食べ物もあるのかしら……？」

「え？　……あ、ああ。肉とか木の実、果実に水とかなら……」

「………………」

お互いに黙ってしまう。こうして凶器を向けられた経験も初めてだ。やっぱり怖い。とにかく何か弁明しよう。意識がないようだったので介抱しようとしたんだよ、とか。きっと話せばわかってくれるはず……。

「グルアアアアアァァァァァァァ‼」

「っ！！？」

「な⁉」

そんなことを考えていた時だった。突然静寂を打ち破るように魔獣の咆哮が響く。

そうして姿を見せたのは、初日にも出会った獅子頭の魔獣だった。

「ひいぃぃぃ⁉」

「く……！　わたしの匂いを追ってきていた……⁉」

よく見ると初日に出会ったやつより、もう一回りでかい。それにお口にはとっても立派な牙を生やしていらっしゃる。

だがその右足には傷があった。血も乾ききっていないし、まだ新しい。

「どど、どうすれば……⁉」

「グオオオオオオ‼」

「っ‼」

　魔獣は素早い動きで女性に向かって距離を詰めた。そのまま鋭い爪が付いた右手で襲い掛かる。

「あぐっ⁉」

　女性はどうにか剣で受けたものの、あまりに体重差が大きすぎる。ネコが小さなボールをはじき飛ばすように、こちらへと飛ばされてしまった。

「ぅああっ‼」

「だ、大丈夫⁉」

　ヤバイって……！　これぜったいヤバイって……！　魔獣さん、グルグル唸りながらずっとこっちを見ているし……！

「はぁ、はぁ……！　く……せめて秘宝珠の力を引き出せれば……！」

「え……⁉　な、なにか対抗策があるの⁉」

　あるなら是非とも頼らせていただきたい。そもそもこんな場所にいるくらいなんだ、魔獣に対する策の1つや2つは持っているにちがいない。

「今は無理よ……！　魔獣ガルダーンの咆哮をまともに受けてしまったし……！　魔力の流れを乱されたから、整えるのにどうしても時間がかかるの……！」

どうやら初手で咆哮を上げてきたのは、ちゃんと理由があったらしい。

「というかあの魔獣……ずっときみのこと見てない……?」

「右足を斬ったの、わたしだから。どうにか逃げ切ったと思っていたんだけれど……匂いをたどられたみたいね。……ごめんなさい。巻き込んだわ」

ひいぃぃぃ！　あの魔獣、この女性が目当てだったのかよ！　どうやら魔獣から逃げてここまでやってきたらしい。

俺はじりじりと距離を詰めてくる魔獣を前に、アミィちゃんに視線を向ける。

「お、おい……！　メイドさんを呼ぼう！」

「それは最後の手段！　ポイントがもったいないし！」

「今その最後の手段を使うべきところじゃない⁉」

「ショウ、その前に今朝作成したスキルを使ってみましょ！」

それって……アレのことか！

「ルルル……グァアアアアアアアア‼」

十分に距離が詰まったところで、いよいよ魔獣が飛び掛かってきた。俺は心臓をバクバクさせながら右腕を前方に突き出す。

「す、すす、水麗閃！」

今朝作成したばかりのニュースキルだ。腕の先からものすごい勢いで、超高圧の水ビームが飛び出した。

時間にして二秒にも満たないだろう。反動があまりに強く、腕が下から上へと上がってしまう。

「…………え」

超高圧水ビームは、正面に迫った魔獣を下から斬り上げるように貫いた。魔獣の身体は一瞬で、左右に……文字通り真っ二つになっている。切断面は骨まで含めてあまりに平らで、芸術にすら感じてしまう。

「あ……」

一瞬遅れて切断面から大量の血が噴き出し、そのまま大地に崩れ落ちる。まるで今斬られたことに気づいて、あわてて血が出てきたかのようだ。

女性は両目を見開いて震える唇を開いた。

「そん……な……？　なに、今の……魔術じゃ、ない……」

魔術と聞いて、今さらながらにたしかにと思った。初めて魔法が撃てたことと、魔獣を撃退できた安心感からかテンションが上がってくる。

「はぁー、はぁー……！　す……すごい……本当に魔法みたいだ……！」

「すっごい威力！　一撃必殺じゃない！　射出速度も半端ないし、これ撃たれたら回避も防御も不可能でしょ！」

いや本当にすごいよ、水麗閃……！　腕先から水がビームのように出るなんて……！

１回しか使えないのは難点だけど、これはとても心強い切り札を手に入れた。

ビームが出た直後の大きな反動には驚いたが、それが功を奏して獅子頭を真っ二つにすることができた。

これならアイオンさんも運びやすいんじゃないだろうか。重量的に。

腕が反動に耐えられないと、同じ場所を集中して狙うのも難しいだろうな。照射時間は……もうちょっと延ばせるんだろうか？　まだ1回しか使っていないから、よくわからない点も多い。

俺はあらためて女性に視線を向ける。

「あ……あの……。だいじょうぶでしょうか……？」

「…………え、ええ。どうやら助けられたみたいね」

ファーストコンタクトがとても刺激的だったたぶん、相当強く警戒されていたけど、今は警戒を解いたのか、剣を鞘に納めている。

いや、まだ完全には警戒を解いていないな。ちょっと身構えているし。

こんな時イケメンだったら、彼女はとっくに警戒心を解いているんじゃないだろうか。

やはりそろそろイケメン税設立に向けて、真剣に国会で審議するべき時にきていると思う。

「俺は清水正一といいます。こっちはアミィちゃん」

「？　シミズ……ショーイチ……？」

「長いし言いにくいでしょ！　ショウで大丈夫よ！」

勝手にアミィちゃんが俺の名を略す許可を与える。まぁなんでもいいけど。

「わたしは……」

ここで彼女は急にふらついたかと思うと、その場で片膝をついた。

「大丈夫ですか……⁉」

「く……」

どこかケガをしているのだろう。さっき獅子頭に吹き飛ばされていたし。血は出ていないみたいだけど……と考えていると、ここでグウウゥゥゥゥゥ～……と、低い音が響いた。

「……え?」

「…………………」

なんの音かと思ったら、即座にアミィちゃんが答えを教えてくれる。

「あなた、すっごくお腹が空いていたのね!」

ああ……今のは彼女の腹の音だったのか。腹の虫がこんなに重低音を響かせられるとは知らなかった。

「このあたりは毒性の木の実が多くて……数日まともなものを食べられていないのよ……」

「え……」

まじか、知らなかった。俺は資源ポイントを消耗して作り出した食材を食べていたけど、その辺になっている果実を食べたこともあった。あまりおいしくなくて、次の日からすべて資源ポイントに変換したけど、とにかく毒物とかまったく警戒していなかった。この点、俺はやはり危機意識の薄い日本人なのだろう。

「あー……じゃあうちに来ます？　肉とか水ならいくらでも出せますよ」

「い……いいの……？」

「ええ。あ、よかったらおぶっていきますよ」

そう言うと俺は背中を向けて、彼女の側で腰を落とす。

彼女はためらっていたが、体力がないのは本当だったのか、俺の背中に身を預けてきた。

思えば女性を背負ったのは初めてだ。ただ、服の影響か、背中に胸の感触は感じないけど……あと剣を持っているからか、微妙に重い。

来た道を戻りながら彼女とコミュニケーションを続ける。

「わたしの名はクレオノーラ。まさか魔窟の森で人と出会うとは思わなかったわ」

「いろいろありまして……。クレオノーラさんはどうしてここに？」

数秒黙っていたが、彼女はふぅと息を吐いた。

「実はわたしは、この間までエンメルド王国の第二王女だったの」

「はぁ……第二王女様ですか……」

当然だけど聞いたことのない国名だ。でも第二王女様ってことは……あれだよ。王族ってことだよな……？　つまり第一印象通り、本物の姫騎士様……！

そんなえらい人がなんでここに……？　いや、彼女の言い方だと今は王女じゃない……？

「……驚かないのね？」

「いや……そんなこともないんですけど。どこの国かもよくわからないので……」

「そう……」

この世界の情勢とか知識とか、まったく持っていないし。

王族ならそのあたり、たくさんの情報をお持ちだろう。折を見て話を聞いたほうがいいかもしれないと、そう考えているうちに我が支配領域へと戻ってきた。

「つきましたよ」

「……っ⁉　これは……！」

領域の境界面には堀が掘られ、一部の場所からでないと立ち入れないようになっている。

また柵も打ち立てられており、森の中で野営することを思うと、いくらか安心できる環境ではないだろうか。

「驚いたわ……森の奥地をこれほど開拓しているなんて。ここには何人くらいで住んでいるの？」

「え？　俺とアミィちゃんの２人だけだよ？」

「……っ⁉　ふ……２人で、これを……⁉」

驚いてらっしゃる。まぁ支配者《クエスター》としての力を振るえなければ、とてもできないことだし。

ちょうどこのタイミングでアイオンさんも姿を見せる。アミィちゃんは即座に彼女に指示を出した。

「アイオン。仕留めた魔獣を領域まで運んできて」

アイオンさんは即座に領域の外へと出る。あの獅子頭、けっこうでかかったし、資源ポイントもかなり期待できるのではないだろうか。

「今のメイドは……⁉　ここには2人しかいないのではなかったの……⁉」

「彼女は使い魔よ！」

「え……なに……？」

「使い魔！　ゴーレムとかホムンクルスとか、そういう感じのやつ！　言葉はしゃべらないし、単に人の形をとっているだけの従魔みたいな存在よ」

使い魔やらゴーレムやら、はたして意味が通じているのだろうか。まぁ人間ではないというニュアンスが伝わればいいか。

俺はクレオノーラを小屋の外にある椅子へと案内する。

「ここでしばらく待っていてください。お肉と水を用意しますので」

「味は期待しないほうがいいわよ～」

アミィちゃんと2人で地下への階段を下り、大幻霊石の間へと移動する。そしてウィンドウを開いたところで、彼女から話しかけられた。

「ショウ、わかっているわね？」

「え……なにを……？」

「なにを、じゃないって！　クレオノーラとエッチするチャンスでしょ！」

「え……ええええぇぇ⁉」

って、驚いている場合じゃない……！　そうだ、俺には時間がないんだった……！

「でも最初の相手が王族の超美人って、ハードルが高すぎるんだけど……！」

あんな美人と言葉を交わしたのも初めてなのだ。数日アイオンさん相手に腰振りの練習をしていただけの男にはとても気遅れしてしまう。

「ハァ……あのねぇ、よく考えてみて？」

「な……なにを……？」

「王族の超美人だから意味があるのよ。想像してみなさいな？　クレオノーラほどの女性が、ショウに股を開いて種付けされる様を。どう？　欲望まみれのオスの小汚い精液を、高貴な姫君の子宮に直接撃ち込むことができるのよ？」

「…………」

すごくディスられた気がするけど、いったん置いておく。そして想像してみる。

元とはいえ王女様だ。そんな彼女にまたがり、犯し、中出しできると思うと……やばい、興奮してきた……！

処女かどうかはわからないけど、普通なら俺のような男に股を開くことなどありえない存在だ。

高貴な王女様を性欲発散の対象にする……いい。アミィちゃんの言葉じゃないけど、尊厳を踏みにじっている感じがとてもいい。

「ショウの寿命もいったんリセットされるし、魔法少女スカウトのチャンスもできる。なによりものすごくエゴポイントを得られるわ……！」

「そうなの……？」

「ええ！　さっきいろいろ言い訳して、意識のないクレオノーラの唇を奪おうとしていたでしょ！　あの時もすごくエゴポイントが増えていたんだから！」

やっぱりか。たしかにあの瞬間は欲望を満たせている自覚があった。

「今ならメイドを増やしたり、魔法少女スカウトをできる余裕もあるわ」

「で、でも……出会った時とちがって寝ているわけじゃないのに、どうやってキスにもっていけば……」

「だぁ～～！　そんなのでうじうじしないで！　キスなんてショウから強引にすればいいのよ！」

ま、まぁそうなんだけど……！　クレオノーラとは知り合ったばかりだし、さすがにあと2週間で向こうからキスしてくれるほどの関係を築ける自信はない。

「間違っても相手にキスしていい……？　とか聞いたらダメよ！」

「そ……そうなの……？」

「当たり前じゃない！　女に考える時間を与えるということは、クールダウンさせることと同義よ！　許可を求めたら自分の意志でキスするか選ばないといけなくなるじゃない！　どうせ、相手の心中に配慮してから……なんて考えたんでしょうけど、それ恋人でも冷めるやつだから」

一度相手にキスしていいか確認を取り、オッケーならそのままキス。ノーなら無理やりするしかないか……と考えていたが、それは絶対にやめろと釘を刺されてしまった。

「どちらにせよショウには時間がないのよ。それは自分が一番よくわかっているでしょ？」

「それは……まぁ……」

「それに心配しなくても、まちがいなくうまくいくわ」

「え？」

アミィちゃんは自信満々にうなずく。

「クレオノーラ、数日まともに食事できていないんでしょ？　たぶん今は思考能力がかなり低下しているはずよ。力だって入らない。それにショウに対しては、あぶないところを助けてもらったという認識を持っている」

獅子頭を倒した時にクレオノーラが言ったことを思い出す。たしかに俺に助けられたと思っているだろう。

「あとは食事を出して、ある程度の思考が戻った彼女の話を聞いてあげればいいわ。絶対ワケありだし。いろいろ打ち明けさせているうちに、ショウに対しても多少は心を開くわ」

これも納得できる。そもそも人のいない危険地帯で、俺たちは唯一の人間なのだ。

吊り橋効果と言っていいのかはわからないが、食事を提供して話を聞き続ければ、警戒心はかなり緩くなるのではないかと思う。

「あとは小屋のベッドに誘導し、相手が油断したところで……」

「キスをする、か」

「そう！　あ、それと、魔法少女スカウトのためには好感度50が必要だから、ぜったいに後背位でするのよ！」

とにかく俺も覚悟を決めなければならない。たぶんここがあと2週間で死ぬかどうか、最後の運命分岐点なんだ。

「ちなみに今、クレオノーラからショウへの好感度は1よ」

「んへ……？　い……いち……？」

「マイナスじゃないだけ大したものよ」

100段階中の1……。せ……せっかく危険な魔獣から助け、ここまでおんぶして運び、今は食事まであげようとしているのに……！　た、たったの1……！

「なんせ出会いが最悪だもん！　本来ならマイナス70くらいでもおかしくないくらいよ！

……って、聞いてる～？」

くそ……！　やっぱりだ……！　クレオノーラはカーストトップに君臨する陽キャリア充……！　俺みたいな奴がなにをしてもまったく興味も関心も示さない……！

落とした消しゴムを拾ってあげても「うわ最悪。わたしの消しゴム、キモ男に触られたんだけど」とか言って、一切の感謝をしないタイプだろう。

こっちは親切心で拾ったのに……！　拾わなかったら生意気だとか気が利かないとか言ってくるくせに……！

そして意味のわからない被害者面をはじめて、同じカースト上位に君臨する男子をけしかけてくるんだ。

自分の美貌で男たちを操り、気に食わないやつを排除する。あの手の女からすれば、それはもう全能感という甘い蜜を味わえる行為だろう。

きっとここで俺が彼女の世話をしても、それを当然のものだと認識する。そして国に戻った時、いきなり被害者ぶるにちがいない。王族であるわたしの身体に触れたと。

「ゆ……ゆるせない……！」

「お～～い？」

グツグツと心の奥でなにかが煮えたぎっている。俺はその煮えたぎったなにかを、クレオノーラにぶっかけたくて仕方がなかった。

「…………ふうううううぅぅぅ」

一度大きく深呼吸をして呼吸を整える。そしてウィンドウを操作し、クレオノーラの座っているテーブルの側に焚火を設置した。続けてテーブルの上に生肉と水瓶を設置する。

「こんな感じかな？」

「今ごろ驚いているわよ～。急に物が出てきたんだもん」

アイオンさんが帰ってきたら、また資源ポイントが大量に手に入るはずだ。そのタイミングで再度水麗閃のスキルを作成しておいた方がいいな。

「そういえば支配者《クエスター》の話って、他人に話しても大丈夫なの？」

「もちろん黙っておくにこしたことはないわ。指定区域を自由にカスタマイズできるものすごい力だし、その力を利用しようという輩はいくらでもいるもの」

「だよねぇ」

でもクレオノーラには急に出てきた生肉含め、いろいろ聞かれることだろう。

「まぁクレオノーラには話してもいいと思うけど」

「そうなの？」

「うん。だって好感度高められるし。愛奴まで持っていければ、なにがあってもショウの言うことに従うし」

ああ、なるほど。要するに口止めが容易な相手であれば、とくに隠す必要はないということか。

俺もクレオノーラをめちゃくちゃにしてやりたいと思っているし。というかもう覚悟も決めたし。よし、なにも問題ないな。

大幻霊石の間で決意を固めたところで地上に出る。案の定クレオノーラは驚いた表情を見せた。

「ショーイチ。急に焚火と生肉、それに水が出現したのだけれど……」

「ああ、これが俺の力になるんですよ」

「え……」

「食事の準備をしながら話でもしましょうか」

そう言うと俺はナイフで生肉を切りはじめる。そして木の枝に刺していった。

「俺には特殊な力があって……その力を使えば、自分の支配領域に限り、自由に土地を改造できるんです」

「なんですって……？」

毎日やっているだけあり、肉を焼く作業にも慣れてしまった。焚火の近くに肉を持っていき、焦がさないように丁寧に焼いていく。同時に俺はこれまでの話をクレオノーラに聞かせていた。

「勇者召喚……！　それに巻き込まれたですって……!?」

「そうなんです。なんかすっごくキレイなお姫様にハメられて、この森に捨てられたんですよ」

今思えば、あの姫も陽キャリア充グループの筆頭だ。ゆ……許せない……。

「なんという国で召喚されたのかしら？　あとお姫様の名は……？」

「さぁ……？　そのあたりの話を聞く前にここに来たので。実はこの世界のこと、なにも知らないんですよ」

「たぶん、この森の西にある国ね！」

意外なことにクレオノーラは俺の話を信じている様子だった。普通に考えたらこんな荒唐無稽な話、信じられないと思うんだけどな……。

「はい、焼けましたよ」

「あ……ありがとう……」

クレオノーラは肉に息を吹きかけ、冷まさせてから口に運ぶ。するとその眉間にシワがよった。

まぁおいしくはないんだろうな。俺も初めて食べた時こそおいしかったけど、今は正直そこまでおいしいとは思っていない。

そもそも味付けもないのだ。野性味あふれるお肉100%である。

しかしクレオノーラはいくつもの肉を食べ、水で喉を潤していた。

「……ショーイチが召喚された国だけど。おそらくエンメルド王国……わたしの故国だわ」

「え……？　そうなの……？」

「エンメルド王国は大陸有数の魔法文明が進んでいる国なの。……いえ、だった……かしら」

クレオノーラはどうやらあのお姫様の妹らしい。でも元王女って言っていたし……いろいろワケありなんだろう。

俺はアミィちゃんの言葉を思い出しながら口を開く。たしかなるべく相手に話させて、聞き手に回れ的なことを言っていた。

「よければクレオノーラの事情を聞かせてくれないか……？」

「え……？」

「俺、この世界のこと本当になにも知らなくてさ。クレオノーラの知っていること、話したいこと、聞かせてほしいんだ」

食事を提供しつつ、相手の話に耳を傾ける。そして警戒心を解いていく……まずはそれを実践していく。

「……エンメルド王国はね。昔は列強国の1つに数えられていたの。でも時の流れとともに中央はどんどん腐敗していった……」

　エンメルド王国は、かつてはそれなりに広大な領土を誇っていたらしい。だが王族や中央の貴族はどんどん贅沢な暮らしを求めていき、各所に賄賂を求め、税も上げていった。

　時代が進むにつれ、地方と中央で溝が大きくなっていく。そうして1人また1人と領主が離反し、どんどん国土が小さくなっていったそうだ。

　一代前の国王がこれではまずいといろいろ奮闘し、それなりに盛り返した時代もあったらしい。だが王位在籍期間は決して長くはなく、今の国王に代わってからは、また中央貴族が幅を利かせるようになっていった。

「周辺国との関係も決していいとは言えないのよ。今はエグディア帝国との小競り合いも絶えないし、シャイタル大共和国から資本が入りつつもあるし……」

　エンメルド王国は他国と比べると、優秀な魔術師が多いそうだ。また古の時代に存在したという、広域破壊魔術も現存しているとかなんとか。

　そうした技能があるがゆえに、国力を落としても滅亡はしなかったらしい。だが近年になってそうも言っていられなくなった。

「魔術師の数はどこの国も多くはないけど……帝国は魔術の研究を急速に進めてきている。数ヶ月前に王国の砦を一つ落としたし……いずれ王国は滅ぼされるかもしれない」

　俺が召喚された時、たしかあのお姫様は魔王を討伐してくれとお願いをしていた。たぶん帝国を魔王の支配する国だと言っていたんだな。

なぜ、そんな言い方をしたか。勇者の力を帝国に向けるためだ。

このぶんだと、勇者が倒した敵の強さに応じて召喚陣に魔力がたまる……という話もウソかもしれない。

「わたしはこのままだとまずいと思ったの。なにか王女としてやれることがあるはず……そう考え、同志を集め、騎士団を掌握してクーデターを起こそうとしていたの」

「え⁉」

なんとびっくり。クーデターを企んでおられたとは。クレオノーラはものすごく行動力にあふれた王女様のようだ。

「でも失敗しちゃって。このあたりの謀略はやっぱりお姉さまの方が一枚上手だったわ。途中からそうとは気づかず、お姉さまの手のひらで踊らされていたみたいだし」

決起前に捕らえられたクレオノーラは、この魔窟の森に放逐されたそうだ。同じく捕まった者たちは、森の入り口付近で暮らしているらしい。

「あれ……？　ならなんでクレオノーラは1人だけ奥地まで来たんだ……？」

「いくつか理由があるの。まずは仲間たちの助命ね」

クレオノーラたちは魔窟の森の開拓を命じられたらしい。だがそんなこと、できるはずがない。なにせ話を聞く限り、人数も少ない上に満足な道具や資金すらないとのことなのだから。

それでもクレオノーラが奥地まで来たのは、希少価値の高い魔獣の素材が手に入れられるかも……という考えがあったとのことだった。さらにこの森のどこかには聖剣が眠っているという伝説もあるのだとか。

「聖剣……！」

「あくまで伝説だけど。でも希少な魔獣や、もし聖剣を見つけることができれば、それを土産に、仲間たちの助命を聞き届けてくれるかもしれない」

そこでクレオノーラは単身、森を探索していたそうだ。なんでも仲間内ではかなりの実力を持っているのだとか。

だが深入りしすぎてしまい、獅子頭の魔獣に追いかけられるハメになった。

「よく単身で乗り込もうと思ったね……」

「私にだけ扱える切り札があったから。と言っても、あの湖まで生きてたどり着けたのは奇跡みたいなものなのだけれど。ここから単身で帰れる気もしていないし……」

他にも聖剣を探す傍ら、森を通過して大共和国まで通じるルートの探索も行っていたそうだ。聞けばこの森は西にエンメルド王国、南に大共和国、北は帝国に面しているらしい。うまくルートが確立できれば、仲間たちと大共和国へ移動するつもりだったとか。

「でも心残りもあるわ。王都には妹が残っているの」

「妹……第三王女？」

「ええ。妹とわたしは同じ母の生まれだから、姉よりも仲がよかったのよ」

もし森の開拓が十分でもないのに王国に戻ってきたら、その妹がどんな目に遭うかわからないと脅されていたらしい。

「でもあの姉のことだもの。きっとわたしが死んだと確信したら、妹を排除するはずよ」

「……そうなんですか？」

「まちがいないわ。第一王妃の子なんて、お姉さまからすれば邪魔者以外のなんでもないもの」

うわぁ……ものすごく複雑な家庭環境をしてらっしゃる。

つかあのお姫様、ふつうに怖いな……。あんなニコニコ顔の裏で、めちゃくちゃ謀略しまくってるじゃん……。

「せめてわたしに……もっと力があれば……。そうすればたとえ王女に戻れずとも、妹は王都から連れ出せるのに……」

そんなクレオノーラの言葉に反応を示したのはアミィちゃんだった。

「ふんふん、なるほど〜。クレオノーラは強い力がほしいのね！」

「ええ……そうね。ショウのような……ガルダーンを一撃で倒せるほどの力が欲しいわ」

油断すると肩が外れそうな反動があるけど！　あれ以上ビームを放射し続けていたら、肩が外れていた。そうならないように、たぶん無意識でビームを止めたと思うんだよな……。

「そういうことなら！　ショウの力を使えば、クレオノーラは最強クラスの力を獲得できるわよ！」

「え……」

「へ……」

「力を得たあとも修練は必要だけど。時間をかければそれだけ強くなれるのはまちがいないわ！」

これは……あれだ。魔法少女とクラス付与のことを言っているよね……！

たしか魔法少女はメイドさんとちがい、レベルが変動するという話だったし。時間をかければ強くなれるというのは本当のことだろう。

「ショウ……今の話、本当なの……？」

「……ああ、本当だ。俺ならきみに、大きな力を授けることができる。望むのなら今からでもできるけど……どうする？」

やばい、心臓がバックンバックン脈を打っている……！

クレオノーラがなんと返事しても結果は変わらないのだが、答えが返ってくるのははやかった。

「ぜひお願いしたいわ……！　その、出会ったばかりなのに図々しいとは思うんだけど……」

「……わかった。ここじゃなんだし……小屋の中で話そうか」

両手の汗がものすごいことになってる……！　それに無意識にソワソワしちゃうし！

たぶんアミィちゃんはさっさと次のフェーズへ進もうとして、こういう話の持っていき方をしたんだろうけど。

そのアミィちゃんがちょっと待ってと声をあげる。

「クレオノーラ。先に小屋の中にある水を使って、身体を清めておいて」

「え……？」

「最高クラスの力を得る儀式なのよ？　あたりまえでしょ？　ほらほら～、わたしたちは外で待機しているから～」

「え……えぇ……」

クレオノーラは言われた通りに小屋の中へと入っていく。

俺はアミィちゃんに引っ張られながら大幻霊石の間へと移動した。

「アミィちゃん……？　どうしてここに……？」

「魔法少女スカウトについて話しておくことがあるのよ！　あ、あとここから小屋の中が確認できるわよ？」

「え……!?」

そういえば小屋の中にベッドや照明を設置する際、いつもここから操作を行っていた。

俺はその要領でウィンドウを操作し、小屋の中を映し出す。

「お……おお……！」

すると画面にはばっちりクレオノーラが服を脱いでいるところが映し出されていた。

靴を脱ぎ、ベッドに腰掛けながら足を伸ばす。そして靴下を脱ぐと、綺麗な生足があらわになった。続けて腰のベルトを外し、服のボタンに手をかけていく。

「す……すごい……。女の子の生着替え……はじめて見る……」

「うわ～。ショウ、ものすごく変態な顔つきしてる～」

これればかりは否定できない。こんなに美人の着替えシーンなど、本来であれば一生かけてもお目にかかれないイベントなのだ。

クレオノーラは俺に見られているとも知らずに、とうとう全裸となった。丸みを帯びた女性らしい肢体、スラリと伸びた手足。お尻は……そこそこ大きいように思える。胸のサイズも日本人と比べると、かなり大きい方ではないだろうか。

俺はもっと彼女をズームしてみたいと思い、スマホの操作感覚でウィンドウに親指と人差し指を置いてゆっくりと開いてみる。すると考えていた通りに拡大することができた。

ズームインした先はもちろん女性器。生でお目にかかったこと自体が初めてなので、食い入るように見てしまう。

「うわ……パイパンおま○こだ……。あ、よく見ると剃ってある……？　手入れする文化なのかな……？」

最近だと日本も若い子は剃っていると聞くし。

クレオノーラは布を水に濡らして身体を拭いていく。ここでアミィちゃんに耳を引っ張られた。

「いたい!?」

「もう！　さっきから呼んでいるのに！　どうせこのあと直接見るんだから、わたしの話を聞きなさい！」

どうやらずっと呼ばれていたらしい。クレオノーラの身体に夢中でまったく声が聞こえていなかった。

俺はチラチラとクレオノーラの水拭きを見ながらアミィちゃんにも意識を向ける。

「いい？　魔法少女スカウトには好感度を50以上にする必要があるんだけど……」

「何度も聞いたよ。とにかく後背位でピストンすればいいんだよね……？」

「そう！　でもここで注意ね。腰振りワンストロークで好感度1上昇するとか、そういうわけじゃないから」

「え……そうなの……？」

単純に50回腰を振ればいいのかと思っていた。どうやら好感度の上昇のしやすさは個人差があるらしい。

「それと……好感度１００の〈愛奴〉状態じゃない限り、時間の経過とともに徐々に好感度は下がるわ」

「え⁉」

「これも下がる速度は個人差があるけど」

考えてみればそりゃそうか。

「たしか好感度99までは後背位ピストンで上昇させられるんだよね？　１００にするにはどうしたらいいの？」

「〈愛奴〉にする条件は、人によって変わるの。その確認方法だけど……今ウィンドウ上でクレオノーラの状態を確認できる？」

「えーと……」

指を操作すると、自分のステータス確認画面の隣に支配領域内にいる人物一覧表記があった。

そこをタップしてみると、クレオノーラの名前がある。指を動かして彼女の名前を選ぶと、状態を確認することができた。

「うわ……!?　す、すごい……!?」

■クレオノーラ（女）
■身長：１５８㎝
■バストサイズ：Ｄ
■性行為経験：なし
■愛奴条件：１）好感度99の時、騎乗位で中出し
２）支配者〈クエスター〉からの中出し回数が10回以上

なんと画面には彼女の身長とバストサイズ、それに性経験や愛奴条件が記載されていた。

というかクレオノーラ……処女だったのか……。陽キャリア充気質だし、とっくに経験済みかと思っていた。やっぱり王族だし、結婚まではそういうのを拒んでいたのかな。

「なるほど……こうやって愛奴条件を確認するんだね」

「そうよ～。でも相手によっては支配者《クエスター》レベルが上がるまで表記されない時もあるわ。それに条件が複数あることも珍しくないし」

今回も好感度と体位、２つの条件が合わさったものと、俺との性行為回数があるしね。

「好感度99はたぶん1日じゃ無理よ。今回はバックで好感度50までもっていくことを目標にしましょう！」

「わ……わかったよ。でもリアルタイムで好感度を測れないんだけど……？」

「まだレベル1だもんね～。今回は50になったら、わたしが合図を出すわ」

このあともクレオノーラの裸体を観察しつつ、アミィちゃんとの打ち合わせが進んでいく。

そして具体的な魔法少女スカウト方法も確認を終えた。

「いい？　くれぐれもすぐにイかないようにね？　好感度50に届く前にイったらサイアクよ～」

「う……だ、だいじょうぶかな……」

かなり不安だ。なんなら入れた瞬間にイきそうまである。

「まぁ万が一の時は、わたしが精力を復活させられるけど……」

「え、ほんとに？」

「でもなるべく使いたくない手段なの。少なくない量のエゴポイントを消費するし」

なるほど……。性行為中は欲望を満たしてエゴポイントを稼げるけど、それを消費して精力を復活させても収支がわるくなるのだろう。

小屋の中を確認すると、クレオノーラは身体を拭き終え、服を着ていっている。

脱ぐのもいいけど、着ていく姿もいい……。

「向こうも終わったみたいね。それじゃあショウ……！　ここで決めるわよ！」

「ああ……！」

俺自身の命がかかっているし。それに……命の恩人に対して好感度を1しか向けないクレオノーラをむちゃくちゃにしてやりたい。

俺自身の経験のなさ、そして彼女の美貌から多少の気後れはどうしてもあるけど……もう決めたんだ。

俺は支配者《クエスター》として成長し、ここを理想の土地に開拓する。そして日本で詰んだと思っていた人生をやり直すんだ……！

階段を上がって地上に出る。そして小屋の扉をノックした。

「ええ。もう大丈夫よ」

「じゃ入るよ」

扉を開くと、クレオノーラは小屋の真ん中で立っていた。

水で拭いただけなのに、その肌には輝きが戻っている。久しぶりに食事にありつけたというのも大きいだろう。

「クレオノーラ。あらためて確認だけど……俺はたしかにきみに強力な力を授けることができる。でも当然、それには試練を乗り越えてもらう必要があるんだ」

「ええ。楽して手に入るような力なんてないと思うわ。でもショーイチの言う力……具体的にどういったものになるのかしら？」

会話運びはアミィちゃんとの打ち合わせ通りだ。

まだまだスカウト経験も性行為経験もビギナーな俺は、ある程度の台本がないと話を進められる自信がない。

「俺から与えられる力は2つ。1つは魔法少女への変身能力だ」

「魔法少女……？　なにそれ。わたし、少女なんて歳でもないけど」

けっこう若いけどね！　すこし前までは少女と呼ばれる年頃だっただろう。

「魔法少女というのは、強力な魔力を持つ存在なんだ。それに変身できる力を与えられる」

「聞いてもよくわからないのだけれど……もう1つは？」

「クラス付与だよ。魔法少女となって強力な力を得たところに、さらにクラスを付与することでステータスに補正をかけられるんだ」

ざっくりとおおよその概念を伝えていく。でも魔法少女とかクラスとか言われても、馴染みのないワードだろうから理解しにくいだろうな……。

「申し訳ないんだけど……やっぱりショーイチがなにを言っているかわからないわ」

だよねぇ。どうしようかと思っていると、ここでアミィちゃんが入ってきてくれた。

「クレオノーラ。ショウがあの魔獣をズバンって倒したのを見たよね？」

「ええ……」

「あなたならあれ以上のことができるようにもなるわ！」

「…………！　ほ、本当に……⁉」

「うん！　ものすごい素質と才能があるもん！　これほどの素質がありながらショウの力を授かれないなんて、宝の持ち腐れよ！　あなたは間違いなくこの世界で上位に入る実力者になれるわ！」

　クレオノーラがやや照れくさそうな表情を浮かべる。

　すごいなアミィちゃん。めちゃくちゃクレオノーラの自己肯定感を上げていってるじゃん。要するにおだてることで、精神面から俺の力を受け入れやすいように……そして肯定感を持ちやすい状態を作りにいっているのだ。

「もちろん強力な力を得られるぶん、ショーイチとの接触もあるわ。これもすべてはあなたのあふれる才能を引き出すため……！」

「わ……わかったわ。それで……なにをすればいいの？」

「でも」……ではなく、「もちろん」と言うことで、俺との接触もあって当然のものだと押し通している。

　否定的な表現を使わないだけで、ここまで言葉の印象が変わるなんて……。

「それじゃ靴を脱いで〜。それからベッドに仰向けになって、両目を閉じてね！」

　クレオノーラは言われた通りに靴を脱ぐと、ベッドに仰向けとなる。そして両目を閉じた。

これも俺から言ったら警戒されていたかもしれない。しかしアミィちゃんから言われたことで、素直に指示に従ったのだろう。

アミィちゃんから聞いたのだが、人は同じ言葉でも誰に言われたかで、その内容がどれだけ信用できるのかを判断する生き物らしい。

アミィちゃんはニンマリとした笑みを俺に向けてくる。ベッドには両目を閉じたクレオノーラ。

……ああ、わかっているとも。やってやる……！

心臓の鼓動が速い。俺はゆっくりとベッドに腰を落とすと、あらためて至近距離でクレオノーラの顔をのぞきこんだ。

日本人離れした顔つき、そして白い肌に黄金の髪。地球だとモデルとして活躍できるだろう。

おそらくなにをしても成功する約束された勝ち組。俺とはちがい、人生イージーモード。

きっとクレオノーラであれば、日本で一生面倒を見てくれる男を捕まえることもできるだろう。

憎悪や性衝動、そして妬みに羨望。そうした感情を胸中にドロドロにかきまぜながら、俺は徐々に自分の顔をクレオノーラのキレイな顔に近づけていく。

整った鼻筋と、その下に存在している桜色の唇。なんて蠱惑的な造形をしているんだろう。

ああ……この女に、俺のドス黒い欲望を叩きつけてやりたい……！

その瞬間、熱く煮えたぎっていた欲望が極限まで膨れ上がり、そしてはじける。同時に俺はクレオノーラの唇をむさぼりはじめていた。

「…………………っ！！！？」

クレオノーラの全身がビクリと震える。俺は彼女の両肩を押さえ込み、その唇に吸い付く。

クレオノーラはさすがに自分がキスされたと気づいたのか、首を左右に振って抵抗の意思を示していた。

これに俺はより興奮させられる。唾液で湿った舌を伸ばすとクレオノーラの唇をなめ、そして彼女の口腔内へと滑り込ませた。

（これが……キス……！　すげぇ気持ちいい……！　なんだこれ……熱い……）

ファーストキスで脳はこれまで経験したことのない刺激を受け続けている。気づけば首を振って抵抗していたクレオノーラはおとなしくなっていた。

俺はそれをいいことに、さらにしつこいキスを続ける。挿入した舌で彼女の舌を絡ませ、唾液を流し込んでいく。

まるでマーキングしているみたいで、支配欲が満たされていくのを感じる。唇の角度を変えつつ、さらに強く押し付けて密着感を上げる。

ああ……いつまでもこの唇をむさぼり続けていたい……！

息をつがせる暇も与えず、クレオノーラの口腔内を蹂躙し続ける。クレオノーラは全身から力が抜けている様子だったが、しばらくするとビクンと跳ねるようになった。そんな変化もお構いなしでキスをし続ける。

俺のような男が、高貴なお姫様の唇を好き勝手に弄《もてあそ》べている事実が、より興奮に拍車をかける。

（やばい……まだエッチしてないのに……もう気持ちいい……）

脳がとろけそうだ。その間もずっと舌をうごめかせ、クレオノーラの舌を唇で挟んでは吸引したりしてみる。

ここでアミィちゃんの声が耳元から聞こえてきた。

「ショウ。もう1時間経ってるよ～。クレオノーラならとっくに発情しているから！」

なんと……いつの間に……!?　体感だと10分くらいなのに……！

1時間もキスし続けていた自分にあきれてしまう。

俺は最後にもう一度、クレオノーラの口腔内に唾液をたっぷりと流し込む。それから名残惜しいが、唇の結合をゆっくりと解いた。

（うわ……）

あらためてクレオノーラを見ると、とんでもないことになっていた。なんと股間付近のシーツに染みが広がっていたのだ。

それになんというか……匂いがすごい。男を発情させるメスの香りというか……それがクレオノーラの股から漂ってきている。

どうやらキスによる催淫効果が長時間継続した結果のようだ。これならもういつでも挿入できるのではないだろうか。

「はぁ、はぁ、はぁ、はぁ……。し……しょー……いち……!?」

クレオノーラは顔を真っ赤にしており、トロンとした目をこちらに向けてきていた。だがその目に警戒の光が宿っているのを俺は見逃さない。

身体は発情していても、気持ちはやはり別なのだろう。彼女の俺に向ける好感度は1なのだから。

いや……もしかしたらいきなりのキスで、マイナスになっているかもしれない。

「なにって……クレオノーラに力を与えるために必要なことだけど？」

「必要なことって……これ……ん……っ。き、キスじゃ……」

「俺は必要だからやっただけだけど、クレオノーラ、キスだけでシーツをこんなに濡らしたんだ？」

「は……？」

俺に言われてクレオノーラは首を起こす。そして自分の股に視線を向けた。

「な……」

「ここ、こんなに濡れているじゃないか」

そう言うと右手を伸ばし、スカートに入れる。そのまま下着越しに女性器に触れた。

生のおま○この感触……！　下着越しとはいえ、触ったのはじめてだ……！

やばい、思っていたより柔らかい……！　それにすごく熱い……！

「さ……さわらないで……！」

ここでクレオノーラは口で強く抵抗の意志を示す。だが身体は動いていない。急にキスされて警戒はしているものの、拒否まではいかない……という感じだろうか。

俺はこれをいいことに、クレオノーラの両肩をつかむ。そしてそのままゴロンと回し、うつ伏せにさせた。

「きゃ……」

即座にズボンを脱ぎ、そのままベッドに上がる。俺の肉棒は過去に見たことがないくらいに大きく腫れあがっていた。肉棒に絡まる血管は不気味に脈を打っており、肉棒自体も鳴動している。

続けて両手でクレオノーラの腰をつかむと、そのまま持ち上げて膝立ちにさせる。スカートをまくるとお尻と女性器を包む白い下着があらわになった。

もう我慢できない。性衝動のままに指を伸ばすと、下着を真横にずらす。すると眼前に透明な体液が今も流れ続けているメス穴が現れた。

同時に部屋に充満していたメスの香りがより一層強くなる。匂いの発生源が姿を見せた影響だろう。花弁が開いており、穴の位置がよく見える。そのすぐ上には尻穴も見えた。

「まさか……!?　やめなさい、ショーイチ……！　そこはあなたが触れていい場所じゃない！」

俺なんかが触ったらダメだってか……!?　お高くとまりやがって……！

性衝動に怒りも加わり、俺は肉棒をつかんで腰の位置を調整する。そして。

「はおおおおおおおおおお…………っ！！！？」

一気にクレオノーラの膣穴を貫いた。

1時間にわたって発情させられていたからか、中はかなり熱い。それに膣肉が肉棒を捕えようとうごめいてくる。

考えていたよりもすんなりと奥まで入ったな……！　いや、俺が怒りと興奮で強引に突き破っただけかもだけど。

（これが……セックス……！　感動だ……！　俺の初めてが……クレオノーラのような超美人なお姫様だなんて……！）

しかもクレオノーラもこれが初めてのセックスなのだ。俺のモノにしたという充足感もすさまじい。

「あ、ぃ……!?　これ……は、はいって……!?　うそ……なん、で……ショーイチのが……」

長時間じらされ続けた処女穴は、今もなお俺の肉棒に絡みついてきている。また強烈な締め付けで、かなりの膣圧を与えてきていた。

キュッと締めてきたかと思えば、若干の余裕が生まれる……かと思った側から、再び肉棒を締め付けてくる。

この動きが射精を促すものだと気づいた時には、すでに肉棒がその時に向けて痙攣をしはじめていた。

「あ……出そう……」

「え……⁉」

まだ腰を振っていないのに……！　好感度高めていないのに……！

でもこれは仕方ないと思う。それだけクレオノーラの中が気持ちよすぎるのだ。

それに早くこの高貴なメスに俺の子種をぶちまけたい。その欲求を抑えることなどできない。

「まさか……⁉　やめなさい、それだけは絶対にダメ……！　んぃ……は……はやく、抜いて……！」

クレオノーラが本気で焦っているのがわかる。声に余裕がまったくない。

そんな彼女の声を聞いて、俺は嗜虐心が大きく刺激された。同時に粘度の強い欲望が出口を求めて全身を駆け巡る。

そして、ワンストロークもしないまま、その欲望は肉棒の先端から勢いよく吐き出された。

「ひぎ……っ！！？　あ………お、ん、ひいいぃぃぃぃぃぃぃぃぃぃ……っ⁉」

クレオノーラが甲高い声を上げる。そういえば後背位で中出しすると、処女だろうが関係なく強制的に絶頂させるんだったか。

ああ……それにしても……！　これが生中出し……！　なんて気持ちよさなんだ……！　こんなの、クセになってしまうに決まっている……！

世の中のリア充どもは、こんな快楽を毎日当たり前のように摂取していたのか……！　それも10代の時から……！

「いひぃぃぃぃぃ……！！！？　なに、これぇ……っ⁉　からだぁ……いうこと、きか……にゃいいぃぃ……っ！！！？」

肉棒はクレオノーラの熱い膣内で何度も何度も跳ね、そのたびに濁りきった欲望を子宮へ流し込んでいく。

だがどれだけ射精を続けても、俺の欲望が満たされたという実感は得られない。それどころか余計に渇いたという気すらする。

俺に種付けされて全身をビクつかせる女を見ながら、この渇きをもっと潤したいという衝動がわいてきた。

「もう！　入れてすぐに出すなって言ったでしょ！」

「ご……ごめんよアミィちゃん。すごく気持ちよくて……」

俺自身、まさか入れてこんなにすぐ射精するとは思っていなかった。興奮しすぎていたというのも原因だろう。

「まだ好感度に変化はないのよ……⁉　魔法少女スカウトできないじゃない！　寿命は戻ったけど！」

「よかった……。あぁ、それと。大丈夫だよ、まだヤれるから」

「え？」

「こうやって……ね！」

「あひぃぃんっ⁉」

クレオノーラの腰を掴んだまま、俺は根本まで肉棒を挿し込んだ。

ずっと懸念していた寿命が回復したと聞いて、安心感が増していく。これでよりクレオノーラとのエッチに集中することができるよ……！

「まだまだこんなんじゃ俺は満足できないよ……！　もっともっとこの中に出してやる……！」

「ひ……!?　あ、ああんっ!!　や、やめ……ショーイチ……！　おねがい、やめて……！」

クレオノーラの言葉に、もっとめちゃくちゃにしたいという嗜虐心が刺激される。俺はさっそく腰振りを開始し、部屋には彼女のお尻と俺の腰がぶつかり合う音が鳴り響いていた。狭い小屋ということもあり、音がよく反響している。

「なんで……!?　お、おとこの、ひとはぁ……!!　ん、いぃっ!?　い、いちど、だしたら……あぁんっ!!　おわる、んじゃ……!?」

「クレオノーラとのセックスだよ……!?　一度で満足できるはずがない……！」

アイオンさんとの練習の成果はたしかに発揮できていた。自分でも驚くほどのスムーズさで腰を動かせていると思う。

とにかく後ろから突き続けることで、クレオノーラの俺に対する好感度を上げることができるんだ……！

無我夢中にクレオノーラを突き続ける。獣のように荒々しい動きになっているだろう。俺は彼女の都合など一切考えず、ただただ自分が快楽を貪るための腰振りを続けていた。

一度射精したおかげで多少は余裕がある。このまま連続で突き続けてやる……！　と思ったのも束の間。クレオノーラの熱い膣内で肉棒がビクつきはじめたと思ったら、あっという間に二度目となる中出し射精が始まってしまった。

「クレオノーラ……っ‼　くぅ……っ‼」

「お……あ、んにいいいぃぃぃぃいいいいいいいいいいいいい…………っ‼　か……は、あぁ…………ん、ひぎぃぃぃぃぃぃぃぃぃぃぃ……っ‼」

「んおおおおぉぉぉぉぉぉぉぉぉぉぉ…………っ‼」

クレオノーラの口から獣のような声が漏れ、小屋中に響いた。

すごい……！　膣肉はずっとビクビク震えているし、意思を持って肉棒に絡みつき、射精を促してきているのがわかる……！　クレオノーラ、ものすごくイってる……！

彼女が俺の中出しで本気で気持ちよくなり、慣れない快感に困惑しているのがよくわかる。

バックで中出しすると強制的に絶頂させられるって……このスキル、チートすぎる……！

肉棒はずっとクレオノーラの膣内で跳ね回っていたが、二度目とは思えないくらいに長く濃い射精を終えると、クレオノーラは全身をビクンと跳ねさせた。

「あひ……」

そのまま全身の力が抜けて、体勢を崩していく。性器の結合が解けて、クレオノーラはベッドにうつ伏せになって倒れた。

「はひゅー、は、んひゅぅぅぅ……」

がに股で倒れ込んだクレオノーラは肩で息をしており、全身をビクつかせている。また膣穴からは出したばかりの俺の精液がゴポリと吹き出てきており、シーツに染みを拡げていった。

高貴な姫が無様な恰好で、股から俺の精液を吐き出している様は俺にさらなる興奮と刺激を与えてくれる。もっともっとこのメスの胎に俺の子種を流し込みたい、種付けしたいという欲が強くなっていく。

気づけば肉棒はまた硬く反りかえっていた。俺はクレオノーラの太ももにまたがると、両足で彼女の太ももを挟み込む。そして膣口に亀頭を触れさせたところで。

「んぃおぉぉぉぉぉぉぉぉぉぉぉぉ…………!?」

寝バックの体位で再び挿入した。そのままクレオノーラの後ろに覆いかぶさり、体重を乗せた状態でピストンを開始する。

「ひ、あ、んん、ぅいっ!? だ、だめぇ……い、今は、そこぉ……あはぁっ!?」

お互い性行為で得られる快楽にはまだ不慣れだ。でもだからこそ、クレオノーラを何度も絶頂させたいし、このメス穴で快楽を貪り続けたい。

こうして俺は三度目となる射精を開始し、思う存分に彼女の胎に欲望を流し込み続けた。


「はぁー、はぁー……」

興奮に身を任せて、三度も中出ししてしまった。今クレオノーラは、性器の結合が解けたことにより、うつ伏せで倒れている。

膣穴からは出したばかりの白い欲望がゴポリとあふれ出てきていた。こんなに射精したこと、これまでの人生で一度もない。

「よくやったわ！　今なら好感度も50を超えているわよ！」

これがセックス……これが女の身体か……。

すごい……まだまだ味わいたい。こんなんじゃ足りない。この高貴な子宮を俺の子種で充満させたい。このまま孕ませたい……！

そんな根源的な欲望と衝動がどんどんあふれてくる。

「もしもーし。聞こえてるー？」

うつ伏せになったクレオノーラの太ももの上にまたがり、再び両ひざで彼女の両足を挟み込む。そして腕を伸ばし、お尻を左右に拡げてみた。

眼下には尻穴と、たった今めちゃくちゃにしたばかりの膣穴がはっきりと映る。

クレオノーラは膣穴をヒクヒクさせながら、今も俺の精液を吐き出し続けていた。

自然現象だというのはわかっている。でも吐き出される精液を見て、なんとなく拒否された気分になる。

食事を与え、さらに今は力まで与えようとしている俺の精液を……！　受け入れないなんてゆるせない……！

「ひゅぐぅぅぅっ!?」

穴に栓をするように、俺はイライラの収まらない肉棒を狭穴にねじ込んだ。そのまま寝バックの体位で、思う存分に腰を振りはじめる。

「にぃ、にゃ、いひぃぃ……っ‼」

クレオノーラは意識があるのかないのか、口からはくぐもった声をもらしていた。そんな彼女の背中に覆いかぶさり、腰を振り続ける。

膣内が俺の精液まみれになった影響なのか、これまでで一番動きやすくなっていた。

剥き出しの亀頭は敏感に快感を拾いながら、狭く熱い膣内をこすり上げていく。

「…………………うっ！」

そのまま四度目となる中出し射精を行う。クレオノーラは顔を枕に沈め、痙攣しながら両手でシーツを強く握っていた。

性器はもちろん、全身でも彼女と密着できて気持ちいい。それに俺の中出しですごい声を漏らすくらいに絶頂させられているのも、ものすごく優越感に浸れる。

正真正銘のお姫様が、俺にバックで好き放題犯され、中出しされたあげくにイかされているのだ。こんなの、満足できないはずがない。

「もう、あきれた……。まさか4回続けて中出しを決めるなんて」

「あ……アミィちゃん。そういえばクレオノーラの好感度ってどうなってるの……？」

途中から魔法少女スカウトのことを忘れていた。俺は性器の結合は解かないまま、アミィちゃんに確認をする。

「もう80まで上がっているわ」

「え……。そんなに……？」

「上がりやすさは個人差があるけど。二回目と三回目の中出し時に大きく好感度が変動したわね」

アミィちゃんとの話し合いでは、なんとか好感度50までもっていくことを目標にしていたけど、たまたまクレオノーラと俺の相性がよかったのか、もう80まで上昇していたとは……。

「とにかくいつでもスカウトは可能な状態だから。意識があるようだったら、さっさと済ませちゃいましょ！」

「あ……ああ……」

俺は腰を浮かせると、肉棒を引き抜く。そしてクレオノーラの身体を回して仰向けにさせた。

身体に力が入らないのか、ややがに股になっている。下着がずらされ、露わになった膣穴から精液が流れているのはとてもエロい。よく見るとシーツには赤い染みも見られた。

「クレオノーラ……聞こえる……？」

「お……ぁ……」

「クレオノーラ。魔法少女になってくれる……？」

「な……な、るぅ……」

「それじゃ、契りを……」

対象に魔法少女になると意思表示をさせ、そのうえで契りという名のキスを交わす。すると

クレオノーラの下腹部になにかが浮かび上がった。

というかどう見ても淫紋だ。えっちなマンガとかでよく見るやつ。

淫紋はしばらく光っていたが、やがて綺麗さっぱりに消えた。

「よぉし！　記念すべき魔法少女第一号、ゲットよ！」

「よかった……」

しかし小屋の中、すごい匂いだな……。セックスってこんなに匂いがこもるものなのか……。

いや、単にやりすぎただけかもだけど。

そんなわけで俺は再度ベッドへと上がる。

「…………？　ショウ、どうしたの？」

「どうしたのって……魔法少女にはできたんだよね？　だから好感度をさらに上げようかと
……」

「え……まだヤれるの……？」

アミィちゃんがあきれている。なんだよ、アミィちゃんだってバックでヤられている女を見るのが好きだって言っていたくせに。

とはいえ、俺も射精できるほど精液が残っているかはわからない。だが射精できなくても、バックで突くという行為に意味があるのだ。

そう、好感度を上昇させるのに、射精の有無は無関係なのである。

そんなわけで、俺はそれからもクレオノーラをひたすらに犯し続けた。

「いい朝だ……」

結局昨日はずっとヤりっぱなしだった。最終的にクレオノーラが完全に意識を失ったのと、アミィちゃんにとめられてやめたけど。

小屋は匂いがすごいことになっていたので、ベッドと合わせて一度すべて資源ポイントに変換した。そして再度、そこに家を建てた。

今度はやや広めの家だ。そこに2人が並んで寝られるサイズのベッドを配置し、クレオノーラの身体を拭いてやったあとにそこに寝かせた。

俺もそのまま眠りについたのだが、たった今起きたところである。

同じベッドで女性と寝た経験は初めてになる。おかげで起きて隣にすごい美人がいて驚いた。そんな美人お姫様を起こさないように、そっとベッドから出る。そのままアミィちゃんと一緒に大幻霊石の間へと移動した。朝のルーチンワークである。

「わ……資源ポイントがかなり増えてる。それにまた作成できる物も増えているし」

「魔獣をポイント変換できたしね～」

下着を含め、いくつか簡単な衣服も作れるようになっているな。それに木製の食器類もいろいろできている。

「ショウ。まずは資源ポイントを消費して、支配領域の拡大を実行しましょ！」

「わかったよ」

ウィンドウを操作し、支配者《クエスター》レベルを2へと上げる。同時に支配領域が今よりも一回り拡大した。

どこまで支配下になったのかを確認する。どうやらクレオノーラと出会った湖はまだ支配領域になっていないようだ。

「ちょっと広がったって感じだね」

「でもいろいろ資源ポイントのやり繰りをしていくうえで、とても大事なことよ。ステータスも確認してみて！」

言われた通りに確認してみる。どれどれ……。

■クラス名・支配者〈クエスター〉レベル2
■エゴスキル・〈後背絶頂〉〈好感昇突（後）〉〈口交催淫（軽）〉
■愛奴スキル・なし
■支配者スキル・〈色変更〉

「…………？　レベルは上がっているけど……この〈色変更〉ってなに？」

「作成した物を自由に色変更できるというものよ」

「え……」

「全部できるというわけじゃないけど。ベッドとか家とかは可能ね。色変更を行う面積に比例して、資源ポイント消費量が増えるわ」

つ……使えない……。いや、そのうちなにか使い道があるかもだけど。今は色変更が自由にできるほど、資源ポイントに余裕はない。

「なんにせよ新たに増えた支配領域も更地にするなりして、土地をいろいろ活用できるようにしておいた方がいいわ！　わたし的にはメイドを増やして、作物のなる畑を作ることをおススメしたいんだけど」

「いいけど……でもなんの作物を育てるんだい？　近くに果実とかはなっていたけど……」

「まぁそれくらいしかないわよね」

種をまいてもすぐに収穫できるようになるわけじゃないしね。まぁ水麗閃をうまく使えば、魔獣を資源ポイントに変換できるし。そろそろ魔獣狩りも視野に入れたほうがいいのかもしれない。……怖いけど。

話しながらウィンドウを操作し、水麗閃のスキルを作成する。ポイントはそこそこ消費するけど、獅子頭を倒すことができれば収支はプラスだ。

とりあえず土を耕せられるようにクワをいくつか作成する。そして家の中の様子を確認してみた。

「あ……起きたみたい」

見るとクレオノーラは目を覚ましており、やや内股になりながら裸で歩いていた。昨日の今日だし、まだ肉棒が入っているような異物感を覚えているのかもしれない。

「なんだか顔を合わせるのが恥ずかしいな……」

「なに恥ずかしがっているのよ！　好感度も90あるし、だいじょうぶよ！」

そう。昨日あれからどれだけ頑張っても、90からは上がらなかったのだ。アミィちゃんの分析では、ほとんど意識がないからでは……とのことだった。

「あ……今は88ね」

「下がった⁉」

「時間が経つとねー。でも魔法少女にはできたし、50から下がることはないわ」

どうやら魔法少女スカウトに成功した女性は、好感度の最低値が50になるようだ。それならまぁ……嫌われることはなさそうかな。

「あ、でも。もし魔法少女の力を放棄されたら、また50より下回るからね」

「そんなことできるの⁉」

「できなくはない……というニュアンスかしら。なんにせよわざわざ放棄できることを教える必要はないわ」

クレオノーラはきょろきょろと周りを見ながら服を着ていっている。俺の姿を探しているのかな。

立派な服だけど……昨日かなり汚してしまったし、あとで新しい服を出しておこう。

「あ、そうだ。契りを交わした時、クレオノーラの下腹部に淫紋みたいなものが浮かんでいたんだけど……」

「気づいた？　あれは言うなれば首輪よ」

首輪……？　どういう意味だろうか。アミィちゃんはやや真剣な表情を向けてくる。

「魔法少女の力はとても強大よ。クレオノーラはまだなり立てだから、レベルは低いけど……メイドと違って成長するし」

「言ってたね。維持コストも不要だって」

「ええ。そんな相手が〈愛奴〉ならいいけど……魔法少女になった者全員が〈愛奴〉とは限らないでしょ？　今のクレオノーラのように」

〈愛奴〉は好感度１００にする必要がある。そしてその条件は個人差があり、アミィちゃんの言う通り、クレオノーラはまだ〈愛奴〉ではない。

「もし世界最強の力を得た魔法少女が、自分勝手な行動をしたり、言うことを聞かなかったらリスクしかないでしょ？　力を与える側がそんなリスクを踏むなんて、滑稽もいいところだわ」

「なるほど……つまり〈愛奴〉でない魔法少女には手綱が必要と。それがあの淫紋？」

「そういうことよ！　特定条件下に限り、支配者《クエスター》はあの淫紋を使っていろいろできるの！」

淫紋って……俺が勝手に言っていただけなのに。アミィちゃんまでそう呼ぶなんて……。

「いろいろって？」

「魔力の強制徴収の他、性器の感度を上げることもできるわ！　夜のオシオキ用の機能ね！」

「…………なるほど」

なんと素晴らしい……。というか本当に淫紋だったのか……。

ウィンドウを確認すると、クレオノーラは着替えを終えた様子だった。

「それじゃ、クレオノーラが起きたところで……さっそく魔法少女の説明に行きましょうか！」

俺もまだその話は聞いていない。とても気になるところだ。

そんなわけで地上に出ると、ちょうど家から出てきたクレオノーラと視線があった。

「あ……お、おはよう……」

「あ、あぁ……おお、おはよう……」

なんだろう、この空気。いや、わるい感じではないんだけど。やっぱり気恥ずかしい。クレオノーラもちょっと顔を赤くしているし。

「その……身体は大丈夫……？」

「うえ⁉　え、ええ……だいじょうぶよ……？」

「なにドギマギしてんのよ！　2人とも、あんなにも濃厚に愛し合った仲じゃない！　もっと引っ付いていいのよ！」

ちなみにクレオノーラの近くにいれば、彼女の好感度の下がる速度を抑えることができるそうだ。これもまぁ言われてみればそうかという気がする。

「いい？　クレオノーラは昨日の契りを経て、魔法少女の力を手に入れたわ！　さっそく試してみましょう！」

「ま……待ってちょうだい。その……昨日の行為は……本当に……？」

「エッチのこと？　そうよ？　クレオノーラにすんごい力を与えるために必要なことだった

の」

あと俺の寿命をリセットするのにも必要な行為だった。なので彼女にはなにがなんでも、これから先も俺と一緒にいてほしい。

寿命リセットもそうだけど、この異世界では人間の知り合いがまったくいないし。単純にさみしいのだ。

それにセックスで好感度を上げられるとはいえ、それはそれとしてやはり彼女との関係ははっきりさせておきたい。

「クレオノーラ。そ、その……よかったら、俺と一緒に暮らさないか……？」

「え……」

時間をかけて関係を深めたわけではなく、催淫キスで襲いかかってセックスして稼いだ好感度だ。それを利用してこんなことを言うのもどうなんだと思わなくもない。

でもそうした倫理観を持っていても、ここではなんの役にも立たない。なにもしなければ死ぬのは俺だ。

そして昨日彼女を抱いたことで、俺は肉欲の喜びを知った。まだまだ味わいたい。味わいつくすまで死にたくない。

アミィちゃんが言っていた通り、俺は欲望を満たしても自分のエゴを薄めることができなかった。それどころかより強くなっている。

きっとここは日本ではないから……という環境も関係しているだろう。

だから、ためらいなくイケメンにしか許されないセリフを吐く。

「クレオノーラが好きだ。大事にしたいと思っている。まだまだこの土地も発展させていく。それを側で見ていてほしいし、むしろ一緒にやっていきたいんだ」

クレオノーラのことが好きなのは間違いない。セックスしたこともあり、情もある。

だがそうした感情だけでなく、自分自身が死にたくないという気持ちや、魔獣がきた時に対処してほしいという打算もある。

とにかく好感度が高い今しかない。こんなセリフ、昨日までの俺なら言えなかっただろう。

俺みたいな奴は事前に相手の好感度が把握できていないと、怖くて話せないのだ。卑怯でもなんでもいい。命がかかっているんだ。俺は利用できるものをうまく活用し、充足した生をつなぎたい。

「ま……まぁ、わたしもショーイチの力は気になるし、異世界の話も聞いてみたいし……？

それに、そこまでショーイチのこと、きらいでもないし……？」

「それじゃ……！」

「いいわ……と言いたいけれど、条件があります」

いける……！　と思ったら、条件があるらしい。なんだろう。

「王都に残っている妹が心残りなの。彼女の身柄の安全を確保するのに、協力してちょうだい」

「え……？　妹って……昨日話していた子のこと……？」

「ええ」

クレオノーラと一緒に魔窟の森に放逐された者たちは、今も森の浅い部分で暮らしている。彼らのことはそこまで心配していないらしい。

だが妹は別。このままではいずれ、姉によって消されるだろうとのことだった。

「たぶん他所の国に出すか、あるいは暗殺するかよ。実際に動くとなれば、わたしの死を確信してからのはずだから、もうしばらくは猶予があるでしょうけど……」

「どちらにせよこのまま放置はできない、か」

なるほど……。他ならぬクレオノーラの願いだ、もちろんなんとかしてあげたい。でも俺たちはまずこの森を抜けることがむずかしい。

それに抜けられたとしても、そこから王都まで移動し、さらに城に侵入してお姫様を連れ出さなければならないのだ。無事に連れ出せてもこの森まで連れてくることまで考えると、不可能と言わざるを得ない。

なんと答えようか……と悩んでいると、アミィちゃんが不敵に笑った。

「ふっふっふふふん……！　クレオノーラ！　あなたの得た魔法少女の力……！　これを成長させれば、単独で妹を連れ出すことができるわ！」

「え……？」

「まずは実際に試してみましょう！　さぁクレオノーラ！　魔法少女に変身するのよ！」

すごく自然に指示を出したけど、あまりにざっくりしすぎている……。

「アミィちゃん。クレオノーラもどうやったら変身できるか、わからないんじゃ……」

「いいえ。契りは交わしたもの。クレオノーラ、どう？　変身の仕方、わかるでしょ？」

「え……ええ、どうすれば変身できるのか、なぜだか理解できているわね……」

まじか。すごいな魔法少女。そういうことなら俺はおとなしくしておこう。

クレオノーラは息を吸うと、胸の前で祈るように両手を組んだ。そして両目を閉じて静かに息を吸う。

「……エメド・ラルド・メラルド～！　緑の宝珠よ、わたしに力を！」

クレオノーラの周囲に光の粒子が舞い上がる。彼女の身体がゆっくりと浮かぶと、その全身が光の粒子に包まれた。

胸元には緑色の閃光が瞬いている。急な出来事でかなり驚いたが、そうしている間もクレオノーラはどんどん変化していった。

ポンッ！　と軽快な音と共に、右手にまとわりついていた光の粒子がはじけ飛ぶ。するとそこに別人の手が現れた。

同様に左手、そして右足左足と順番に粒子がはじけ、クレオノーラのものとはちがう幼い両手両足が姿を現す。

「え……!?」

頭頂部でまとめられていた髪にも変化が見られた。その部分を覆っていた光の粒子がはじけると、サイドテールの髪が現れたのだ。

しかもその色は白に近い薄緑。髪にはカラフルな髪留めもついている。

いよいよ粒子がすべてはじけた時、そこにいたのはすこし幼い容姿をした少女だった。もはやどう見てもクレオノーラではない。

そんな少女の裸体に再度光の粒子が集まりだす。それらは服へと変化していった。

「これこれ！　魔法少女はやっぱり変身シーンが大事よね～！」

アミィちゃんがはしゃいでいる。そうこうしているうちに目の前に魔法少女が誕生した。

服はひらひらのミニスカートで、靴下と肘まで伸びる手袋を装着している。色合いは髪に合わせたような、緑と白を基調にしたものだ。

そんな緑の少女は、華麗にポーズを決めてみせた。

「緑の癒しをあなたに！　魔法少女、呪殺☆エメラルド！」

「微妙に物騒……！」

クレオノーラは元の面影がまったく残っていない姿に変わり果てていた。いや本当にすごい。顔だけでなく、身長や胸の大きさ含む体格まで変わっている。

そんなエメラルドちゃん……エメちゃんは地面に着地すると、自分の手足を確認していた。

「これは……？」

「ふっふっふふふん……！　これぞ自慢の殺☆魔法少女！　クレオノーラは呪殺☆エメラルドに変身できるようになったのよ！」

「呪殺ってすごく物騒じゃない……？」

「あ、それはコードネームみたいなものだから。実際に呪殺できるかは話が別よ」

それ名前の意味なくない⁉　でもすごくかわいい……っ！　クレオノーラの姿とのギャップもたまんない……！

「さぁここでクラス付与よ！　これでクレオノーラ＝エメラルドのステータスが決まるわ！」

「わ……わかった。支配者《クエスター》たる我が汝にクラス付与を授ける……！」

促されるままにクラス付与を行う。すると俺の目に彼女のステータスが映った。

■クラス　呪術師〈カースメイカー〉
■属性　呪
■武器　プリティ・ステッキ（呪）
■攻撃力　今後に期待
■防御力　ちょい低い
■機動性　よさげではある
■魔力　すごいぞ

「すっごく呪殺☆できそうなステータスになってる……！」

一部ステータスが低いのは、これから成長していくからだろう。いろいろ気になる点が多いけど。

というかプリティ・ステッキ（呪）ってなに⁉　たぶんエメちゃんの持っているステッキなんだろうけどさ。なんだか黒いモヤが出ているし、どう見ても骨でできているし、プリティ要素が皆無なんですけど。

「どう？　エメラルド」

「え……ええ、すごいわ……ものすごい魔力を感じる。それにどうやら、対象を弱体化させる能力に長けているみたいね」

「え⁉　そうなの⁉」

「間違いないわ。なんとなくだけど……どういう力を持っているのかわかるの……」

気のせいか、エメちゃんの声はクレオノーラの声をワンオクターブ高くしたように聞こえる。体が変わっているし、やっぱり声帯も変化しているんだろうか……。

「というかアミィちゃん。メイドさんたちはクラス付与しても武器を持っていないのに、魔法少女は持っているんだね？」

「気づいた？　そうなのよ～。支配者《クエスター》レベルが上がれば、メイドもクラス付与時に武器が出るようになるんだけど、魔法少女は全員武器を手にした状態でスタートできるのよ！」

そして武器も進化するらしい。すごいな魔法少女。本当になんでもありな感じがする。

「魔法少女と言えば空を飛べて当たり前！　というわけでエメラルドも修行を積めば、自由に空を駆け回れるようになるわ！」

「なるほど……！　それならたしかに王都まで妹を助けに行けるわ！」

ちなみに今のエメちゃんであれば、獅子頭を倒せそうな気がするとのことだった。

「え……それすごくない？」

「本当にそれくらいすごい力がこの身に宿っているのよ。ただ、なんだか手足が縮んだような気はするんだけど……」

ああ……そういえばエメちゃんは自分の姿を見ていないのか。鏡って作れたかな……。

「それで……アミィ。どうすれば魔法少女としての力を高められるの？」

「お、やる気だね！　感心感心。魔法少女が強くなる方法は２つ！　１つは実戦よ！」

「当然か……」

「そんなわけで、さっそく魔獣を狩りに行ってきて！　わたしとショウは広くなった支配領域の管理でいろいろしないといけないし～」

「え⁉　１人で行かせる気⁉」

昨日危ない目にあったばかりなのに……！　だがエメちゃんは心配ないと首を横に振る。

「いえ……たぶん本当になんとかなるわ。それに低空飛行はできるし、いざとなったら逃げられる。というか無詠唱で障壁を張れるみたいだし……攻撃力に不安はあるけど、この機動性と障壁があれば、そう簡単にやられることはないと思う」

どうやらエメちゃんは自信があるみたいだ。結局彼女１人で魔獣を狩りに行くことになった。

もともと使用していた長剣を手にすると、低空飛行でビュンと飛んでいく。

「本当にだいじょうぶかな……」

「あの姿だとそうそうやられることはないから平気よ！」

俺は大幻霊石の間へと戻る。支配者《クエスター》の仕事の中心地はやはりここだな。

「それじゃさっそくだけど、メイドを2人ほど増やしましょ！」

「2人も？　維持に必要な資源ポイントに不安があるんだけど……」

「エメラルドが魔獣を狩ってくれれば、3人のメイドくらいなら養える資源ポイントが手に入るでしょ！」

どうやら完全にエメちゃんをあてにしているようだ。

俺はウィンドウを操作し、更地にできそうな場所をさっさと整地していく。今もアイオンさんがせっせと広がった支配地域内の木を伐採してくれているのだ。

「よし、じゃメイドさんを2人顕現しよう」

「ええ！　それじゃ、こんな感じで調整して……オッケー！　おいでなさい！」

新たに2人のメイドさんが顕現される。相変わらずの無表情である。顔の造形が整っているぶん、ものすごくクールな人に見える。

「ええと……こっちがカリーナで、こっちはスカラにしましょう！　さ、ショウ！　クラス付与よ！」

「わかったよ。支配者《クエスター》たる我が、汝にクラスを授ける」

先ほどのエメちゃん同様、俺の目に彼女たちのステータスが映し出される。

・カリーナ
■クラス　警邏〈パトロール〉
■属性　土
■武器　なし
■攻撃力　低い
■防御力　低い
■機動性　やや低
■魔力　低い

・スカラ
■クラス　闘士〈ファイター〉
■属性　土
■武器　なし
■攻撃力　ましなほう
■防御力　低い
■機動性　ましなほう
■魔力　低い

アミィちゃんはさっそく2人に指示を出す。俺は気になったことを確認した。

「ねぇアミィちゃん。アイオンさんと合わせて、全員土属性なんだけど……」

「よりエゴポイントを消費して高性能なメイドを作成すれば、属性発現率も変化するんだけど、低スペックだと地の下位互換……土属性がどうしても発現しやすいのよね～」

こんなところまでガチャ要素が……。あと土って地の下位互換なのか……。

「当面はエメラルドの修練に付き合いつつ、エゴポイントが十分にたまったら日本に行きましょうか！」

「日本に？」

「さっき言ってたでしょ？　あっちの世界の種をこっちで栽培してみましょ！」

そうだ……そんなこと言ってた。まぁ2週間以上も帰っていないし、変な事件になる前に一度様子を見に戻ったほうがいいかもしれない。

「エゴポイントはまだ足りていないの？」

「昨日かなりたまったけど、常に余裕がほしいのよ～。今後も使い道がどんどん増えていくだろうし～」

すごく気になる言い方だな……。でもまぁエゴポイント稼ぎは当面のあてがある。なんとかなるだろう。

それからも支配領域の管理を行い、アミィちゃんは3人になったメイドさんたちにいろんな指示を飛ばす。エメちゃんが帰ってきたのは、日がそろそろ沈むか……というタイミングだった。

「え……⁉　魔獣を倒したの……⁉」

「ええ、ヘビ型の魔獣……ミルミスね。これもかなり厄介な魔獣なんだけど……うまく弱体化に成功したところを剣でとどめを刺せたの」

話を聞いたアミィちゃんがさっそく魔獣の死体を回収すべくメイドに指示を出す。すごい、狩りが順調だ。

「まだ魔法少女の力には不慣れだけど……でも確信したわ。この力、従来の魔術師とはまるで別次元だと……！」

まぁ字面からして、魔法少女と魔術師では力の性質とか何もかもがちがいそうだ。俺たちは食事を進めながら会話を続ける。

「そうだ。アミィ、魔法少女の力を高めるもう一つの方法について教えてくれない？」

「いいわよ〜。でもその前に。エメラルドにもエゴポイントの説明をしておきましょうか！」

そういえばエメちゃんには支配者《クエスター》や資源ポイントの話はしたけど、エゴポイントについてはなにも言っていなかった。

このタイミングで話をするということは、魔法少女と無関係ではないんだろう。

そんなわけで、俺たちはあらためて事情を説明していく。日本から来たという話に加えて、支配者《クエスター》の力や資源ポイント、そしてエゴポイントの他に俺の寿命についても伝えた。

クレオノーラはどれも、とても興味深い様子で聞き入っている。

「なるほどね……あれだけの力だし、なにか代償があるのでは……と、思ってはいたのだけれど、まさか1ヶ月にも満たない寿命と引き換えだったなんて……」

「まぁ寿命はエメラルドが毎日ショウとエッチすれば解決なんだけどねー！」

「む……」

エメラルドの頬が赤く染まる。というか今日はずっとこの姿のままだな……。

ちなみに俺のあやしいスキルについては話していない。アミィちゃんも話さないところを見るに、わざわざ伝える必要はないと判断しているのだろう。

「さて……これまでショウにもエゴポイントはメイド顕現と魔法少女スカウト、それに日本との行き来に必要だということしか話していなかったけど、要するにわたし由来の力を発揮させる際に必要になってくるのよね～」

なんとなくわかる。資源ポイントを活用するのは、どちらかと言えば支配者《クエスター》の力に関連するものが多い。

対してエゴポイントは、アミィちゃんの力を遺憾なく発揮させるのに必要になってくるのだろう。

そんな人のエゴをエネルギーにできるアミィちゃんはなにものなんだろうか……。

「魔法少女はわたし由来の方だからぁ。当然、いろいろエゴポイントがかかわってくるのよ～」

「具体的にどういうところにかかわってくるのかしら？」

「まず変身時に消費するわ」

アミィちゃんいわく、契りを交わした女性が魔法少女に変身する際にもエゴポイントを消費しているらしい。

ただし一度変身すれば、メイドさんと違って維持のための資源ポイントを消費し続ける……というわけではないとのことだった。

「つまりショーイチがエゴポイントをため続けなければ、そもそも魔法少女に変身できないと……」

「そういうことね！　で、それならずっとその姿でいれば問題ないと思ったでしょうけど……魔法少女の変身が解除される条件というのもあるの」

「え……」

「たとえば大ダメージを負った時ね。それと意識を失っても変身が解除されるわ。これは睡眠も同様よ」

変身前と比べて強大な力を発揮できる魔法少女だが、やはりずっとその力を行使し続けられるものではないらしい。

睡眠をまったくとらずに活動なんてできないだろうし。というかお昼寝もできない。

「それと魔力を消費しきっても変身が解けるわ。ところでエメラルド、今の魔力残量はどのくらい？」

「そうね……半分は切っていると思う」

エメちゃんは薄緑の髪を揺らしながら答える。幼なかわいい。

「でも今日1日、この姿で過ごして思ったんだけど。たぶん高位魔術師5人ぶんくらいの魔力があるわ」

「それって……すごいことなの？」

「ええ、エンメルド王国は他国よりも優れた魔術師が多いし、一部の高位魔術師は導師とも呼ばれているんだけど。魔法少女の魔力はその導師を優に超えているわ」

俺はこの世界の魔術師がどういったものなのか理解できていない。だが魔法少女というのは、魔力を扱う者の基準で見ても異常な存在に区分されるらしい。

そもそも空を飛べる魔術師が存在しないのだとか。

エメちゃんはずっと空を飛び続け、呪術を使い、剣を振るって魔獣を倒した。さらに常に魔力を消費し続けているのにもかかわらず、魔力は半分をきったくらい。

高位魔術師でも数日は魔力が戻らない消費量とのことだ。

「たぶん呪術自体が魔力消費量の少ない技法というのもあると思うけどね〜。バリバリの攻撃魔法なら、ものすんごく魔力を消耗するしぃ」

「いずれにせよ魔法少女の力は本当にすごいものよ。5人もいれば、小国くらい制圧できるのではないかしら……？」

「まぁその力は領域の発展やアミィちゃんの追手退治に役立てていただけたらと……」

しかしそれだけ強力な力ならば、やはり数をそろえた方がいいだろう。俺自身は水麗閃以外に戦える手段を持っていないし。

こんな世界だし、どうしても自分の身を守りたいと考えてしまう。そんなふうに考えてしまうのは、たぶん寿命の心配がなくなったというのも大きいだろうな。

「そんなすごい魔法少女だけど〜。ショウの支配者《クエスター》レベルが上がれば、基本ステータスも上昇するわ！」

「そうなの？」

「ええ、だから領域の発展に協力することは、魔法少女の力を高めることにもなるの」

武器も進化するという話だったが、これも支配者《クエスター》レベルと関係していそうだ。

「それと！　エゴポイントを大量消費することで、一時的に任意の魔法少女のステータスにブーストをかけることもできるわ！」

「つまり……ここからさらに強くなると？」

「そういうこと！　でもほんとに半端なく消費するから。どれくらいかと言えば、今のポイントだととてもブーストかけられないくらい」

それはすごいな……。昨日の夜で相当なポイントを稼いだと思ったのに、まだまだ全然足りないらしい。

「アミィ、もし魔力がつきて変身が解けてしまった場合……もう一度変身するにはどうすればいいのかしら？」

「魔力が最大値まで回復するまでは再変身は不可能よ。あと大ダメージを受けて変身が解けると、残魔力の半分が消し飛ぶから。この場合も同様ね」

「だいたいどれくらいの時間なのかしら？」

「回復速度も個人差があるけど～。ゼロからの回復だと最低でも3日は必要ね。人によっては10日はかかるわ」

なんと……無敵と思われた魔法少女にも大きな弱点があるようだ。

要するに一度でも変身が解けると、再度変身ができるようになるまでインターバルが発生する。その間、敵に襲われたりしたらまずい。

睡眠で変身が解けた場合は、回復までの日が浅いだろう。でも大ダメージや魔力が尽きて変身が解けた場合は、次の変身までかなりの時間がかかる。

「そうそう魔力切れは起こらないだろうけど……起こった時は大変ね」

エメちゃんもそのあたりのリスクをよく吟味しているようだ。せっかく得た力をどう活かすか、真剣に考えるのも当然か。

「そんな魔法少女の魔力を、簡単に回復させる方法がありま～す！」

「え……」

「ズバリ！　支配者《クエスター》の精を受け止めること……要するに中出しされることね！」

「へ……」

なんと俺の精液には、魔法少女の魔力回復効果があるらしい。体位の縛りや、絶頂させなければならないということもなく、単に中出しするだけでオーケーなんだとか。

魔法少女に中出しで魔力供給だなんて、薄い本がとても厚くなりそうなんだけど。

「さらに！　支配者《クエスター》の精で魔力供給を受け続けることで、微量ではあるけれど魔法少女の魔力最大値も上昇するわ！　つまりたくさん魔力供給してもらえば、それだけたくさんの魔力を扱えるようになるということよ！」

「な……なる、ほど……」

エメちゃんの頬がまた真っ赤になっている。というかすごいな魔法少女。俺とセックスすることでメリットしか存在していないじゃないか。

それはいいことなんだけど、気になることもある。

「アミィちゃん。その……妊娠のリスクとか……」

俺としては中出し魔力供給は歓迎なんだけど、もし妊娠しちゃったら、敵が襲撃してきた時に大変なことになりそうだ。

「当然の懸念よね～。安心して、エゴポイントを消耗することで妊娠確率の操作ができるわ。それほど大した消費量じゃないし、わたしの方でうまいこと調整しておくから。あ、本気の子作りがしたい時は言ってね～」

「…………」

なんだか……今さらだけど、本当にとんでもない存在と契約してしまった気がしてきたよ……。

いろいろ話し込んでいると、空はすっかり暗くなっていた。いつものように食事の準備を進めていく。

食事を終えるとエメちゃんとは別々で身体を水で拭いていく。いい加減、お風呂が欲しい……。

そして就寝となるのだが、この家にベッドは1つだけ。複数作れるけど、資源ポイントがもったいないので1つしかない。

幸いそこそこ大きなサイズだ。こうなると俺とエメちゃんは一緒に寝るしかない。そして好感度が高い男女が同じベッドで寝ると、やることは一つだった……。

そして翌朝。クレオノーラは呪殺☆エメラルドに変身すると、領域外へと魔獣を狩りにいく。

「く……！」

「どうしたの～？」

「いや……昨日はエメちゃんと一緒に夜をすごしたはずなのに。どうしてか詳細が……」

「はいストーップ！　ここは健全な全年齢の場、官能小説ではありません！　ちゃんと守るべきルールがあるのです！」

「なんの話⁉」

俺にはよくわからなかったけど、アミィちゃんがメイドさんたちに指示を出したところで、一緒に大幻霊石の間へと移動する。

「わ……また資源ポイントがけっこう増えてる……」

「エゴポイントもたまったわよ～！　クレオノーラが来てからいい感じよね！」

一晩で拡大した領域内にある木はほとんど伐採できているし。このぶんだとレベル3にあげられる日も近いのではないだろうか。

ウィンドウを操作するとクレオノーラの状態を確認できる。

また新たな情報ウィンドウが追加されており、そこをタップすると呪殺☆エメラルドの状態を見ることができた。

「あ……魔法少女の状態も確認できるんだ」

■呪殺☆エメラルド（女）
■身長：152cm
■バストサイズ：B
■性行為経験：有り
■愛奴条件：1）好感度99の時、騎乗位で中出し
2）支配者〈クエスター〉からの中出し回数が10回以上

どうやら愛奴条件はクレオノーラと共通のようだ。同一人物だし当たり前なんだけど。

「ちなみに現在の好感度は95よ」

「おお……。でも昨日、けっこうピストンしたんだけどな……？」

「上昇のしやすさも個人差があるわ～。クレオノーラの場合、80まではわりと上がりやすいん

だけど……そこからは上がりにくくなっているわね」

ちなみに中出し回数は現在8回とのことだ。中出しさえすれば、射精量は関係ないのかな。

「つまり今夜にでも条件2はクリアできると」

「1も近いうちにクリアできそうね！　わたしの力は〈愛奴〉が増えないと解放できないし～。この調子でよろしくね！」

ちなみにアミィちゃん曰く、クレオノーラとの最初のセックス時に好感度が50まで届く可能性は50％だと踏んでいたらしい。

今後あらたな魔法少女候補が見つかっても、一度のセックスで契りを交わせるとは限らないと思ったほうがよさそうだな。

クレオノーラの場合は環境もかなり特殊だったしね。魔窟の森奥地にいるたった一組の男女というシチュエーションなんて、そうそうないだろう。

「好感度って、後背位ピストン以外でも変動しているよね？　つまり人によっては、セックスしなくても好感度50にもっていける可能性もあるのかな……？」

魔法少女の契りは最低でも1度はセックスしなければならない。そしてそのために後背位ピストンで好感度を50までもっていく必要もある。

でも時間を空ければ好感度は下がるし、セックス以外の要素でも数値が変動する。

つまり女性に対する態度や言動に気をつかうことで、セックス前に50近くまで上げておくこともできるのではないか……と、そう考えた次第である。

そうすれば初めてのセックスで、魔法少女の契りを交わせる可能性も上がると思う。

「人によってはもちろん可能ね！　でもショウには無理よ～」

「え……なんで？」

「その年まで女性と付き合った経験もないのに、初対面で好かれるような会話とかできるの？」

「う……」

「だいたい人は見た目の第一印象で好感度が決まるわ。ショウはまず最初のハードルが高いのよ」

めちゃくちゃ傷つけられた……。でも言っていることもわかる。俺も女性を見る時、結局見た目を含めた第一印象で物事を決めがちだし。

イケメンならセックス前に好感度を50近くもっていけるのではないだろうか。むしろ相手の好感度が30くらいでも、セックスに持ち込めると思う。

また顔がいいと単純に会話をしていても楽しい。つまりイケメンは常に好感度を稼ぎやすいバフがかかっているのだ。

俺はこんなに苦労しているというのに……！　おのれ……！　イケメンめ……！

「楽な人生を送りやがって……！」

「急にどうしたの……？」

ないものねだりしていても仕方がない。イケメンにはイケメンの、俺には俺のやり方があるというだけだ。

「とにかく地道にやっていくしかないわね。できるだけ早く、新たな魔法少女候補を10人は見つけておきたいところだけど……」

ちなみに現状だと、ありったけのエゴポイントを注いで作成したメイドさんの方が、エメちゃんよりも相当強いとのことだった。

聞けばメイドさんたちは、基本的に呪術系のデバフが通じないらしい。肉体異常、精神異常のすべてを無効化できるのだとか。

そのうえ痛覚はないし恐怖も感じない。維持は大変だけど、ポイントの余裕ができればやはり戦闘特化のメイドさんがほしい。

「あれ……。新たに作成できる食材が増えてる」

「ほんとね。リンゴですって」

リンゴ……地球にあるやつだよな。

ものは試しでさっそくポイントを使って作成してみる。すると俺の右手に真っ赤なリンゴが現れた。

「うん、どう見てもリンゴだ……」

口をあけてシャクリとかじりついてみる。すると味も普通のリンゴだった。

「うわ……なんだかんだリンゴを食べたの久しぶりかも」

文字通りの朝食リンゴだ。これまでの生活では1日2食だったため、こうして朝からなにかを食べるのも久しぶりである。

「ん……？　このリンゴ、種がない……？」

「ほんとね〜。まんま果実ってことかしら」

まぁ食材が増えたのはいいことだ。肉が中心の生活だから、甘味代わりにいいと思う。さっそく今日から食事メニューに追加しよう。

「チェックが終わったところで、ここからの方針を決めていきましょ！」

「方針……？」

「そうよ、いかに支配領域を発展させていくかの方針よ」

魔法少女にせよ、エゴポイントにせよ、ベースには支配領域の発展が関わってくる。たしかに今後のことも考えると、ある程度方向性の目線合わせはしておいた方がいいだろう。

これも寿命が確保できたからこそだ。これまでは最優先が寿命の確保だったし。

「ここを発展させていくのは俺も賛成だよ。でも危険な魔獣もいるし、もうすこし安全を確保したい。それに住んでいるのも俺たちだけだし……ちょっと寂しいよね」

「そうね～。魔法少女の数は増やしていきたいけど、どこで確保するのかという問題もあるわ。現在の最有力候補はクレオノーラの妹だけど」

「ああ……」

クレオノーラは妹を王都から連れ出すことを強く切望している。どうやらアミィちゃんはその妹に目をつけていたようだ。

「クレオノーラが反対しないかな……？　ほら、かわいがっている妹をさ……」

「よりによってイケメンでない男に抱かせることになるんだもんね〜」

「なんで傷口を抉ってくるの？」

でもアミィちゃんの言う通りだ。ただでさえ俺とクレオノーラは肉体関係があるのに、妹まで……というのは、彼女の心情的にどうなのかと思う。

「だからクレオノーラが単独で王都へ行く時までに〈愛奴〉状態にしておく必要があるわ。そうなればショウの言うことは従うし、ショウが望めば、喜んで妹を差し出すわよ！」

「なんかすごくわるい人みたいなんだけど……」

「そりゃそうよ。わたしと契約できるという時点で、魔王の素質があるということだし」

「そうなの⁉」

はじめて聞いたんだけど……！　まぁキスして発情させ、襲いかかって好感度を強制上昇させているような男だし。もちろん善人だとは言うつもりもないけど。

「というか魔王の素質を持つ人と契約できるアミィちゃんっていったい……？」

「ふっふーん。気になる？　まぁたとえわたしの片棒を担がされているとしても、ショウは後には引けないし？　そもそも引き返すつもりもないでしょ？」

そりゃそうだ。もっともっといろんな欲望を満たしたい。

これまでの人生でこんなに自由に欲望を解消できることはなかった。今は空を飛びながら常に新鮮な空気を吸い続けているような……そんな解放感を得られている。

こんな人生が送れるのなら、喜んで魔王にでもなるだろう。善人ぶって困窮生活を送り続けるより、危険はあっても今の生活の方が充実している。

そしてこの欲望の行先がどこにつながっているのか、まだまだ見えていない。そもそも見える日がくるのかもわからない。

もっとエッチできる女の子を増やしたいし、領域も発展させて不自由のない生活を送りたい。お金だってたくさんほしい。

「わるい顔してるよ～？」

「……わかってるよ」

「いいねぇ！　やっぱりショウはわたしの見込んだ通りの男だわ！」

この醜いエゴと欲望こそ、アミィちゃんが俺を評価したポイントだ。その結果今があると思うと、他ならぬ俺自身がそれを否定してはいけないと思う。

「それじゃ、自分の立ち位置が理解できたところで……方向性を考えていきましょう！」

「ああ」

まずお互いのやりたいこと、そして懸念点を整理していく。

「領域の安全性、今後の生活。資源ポイントとエゴポイントの安定化。そんなところかな」

「当面はね。うまく領域を発展させられればそれらは解決するわ。そのために今なにが必要なのかだけど、戦力はクレオノーラの妹の魔法少女化を期待しましょ」

「そのためにクレオノーラの〈愛奴〉化を急ぐ必要がある……と」

クレオノーラに妹を差し出させる。もはやそのことにためらいはなかった。

「それもわたしの見立てでは、近いうちにできるわ。ちなみに今、追手にここをかぎつけられたら……まずクレオノーラでは太刀打ちできないから」

「えぇ⁉」

もともと追手を警戒して、魔法少女をたくさん作ろうという話だった。しかしその追手さんは、クレオノーラ1人の力では撃退できないらしい。

「クレオノーラが成長するまで見つからないことを祈るしかないか……」

「万が一このタイミングで見つかったら、最強クラスのメイドを顕現するしかないわね」

「あ、それでどうにかなるんだ？」

「なるかもだけど……維持コストが高すぎて長期戦は不可能よ。それにエゴポイントがほとんどなくなるし」

最後の手段というやつか。それにそこまで高性能なメイドさんを顕現したのなら、そのまま消えさせるのはもったいない。できればコストが高くついても維持したい。

そのためにはさらに支配領域を拡げ、効率よく資源ポイントを稼げるようにする必要がある。

「戦力の拡充か……。追手の気配とかは感じないの？」

「今のところはねー。まぁ向こうもまさか、地球からさらに別の世界に移動しているとは思っていないんじゃないかしら」

そういえばアミィちゃんはもともと、地球でも異世界でもない別世界から来たんだった。

「たぶん日本には何人か追手がいると思うのよ。この世界にいることは、もうしばらくバレないと思うわ」

「そう聞くと、日本に帰るのもリスクだね……」

「まぁね。でもバカみたいに人口が多いから、なんとでもなりそうだけど」

どうやらアミィちゃんはあまりリスクだと考えていないようだ。とはいえ日本では支配領域もないし、メイドさんは顕現しても数秒しか維持できない。いろいろ気をつけなければ。

「それにたとえ追手がいても、日本に移動するメリットはあるわ」

「そうなの？　たとえば？」

「定期的に日本でわたしの存在をにおわせておくことで、この本拠地を隠すことができるわ。なにせ大幻霊石を砕いたらゲームオーバーだというのは、向こうも把握していることだし」

アミィちゃんの発言にものすごく不穏な気配を感じた俺は、それを言葉にして聞いてみる。

「あの……ゲームオーバーっていうのは……？」

「そのまんまの意味よ。ショウは死ぬし、そうなればわたしはただの無力なかわいい妖精よ」

「え……ええええぇぇぇ!?」

また初めて聞いたルールが出てきた……！　え、この大幻霊石、砕かれると俺が死ぬの!?

「前の世界でも、わたしの契約者が大幻霊石を砕かれたのよ～。まぁあれは契約者の力不足というのも大きかったんだけど」

「な……」

衝撃である。1代前の支配者《クエスター》さんはすでにお亡くなりになっているらしい。

というか結構すごい力なのに、それにもかかわらず支配者《クエスター》を倒せるなんて……!? その時も支配者《クエスター》と契りを交わした魔法少女がいたはずなのに……!?

「つまりできるだけ、この拠点の存在を伏せておきたいわけ」

「あ……この地を拠点に決めたのって、もしかして……」

「そ。近くに人はいないでしょ? それでいていろいろ開拓のしがいもありそうだったからよ」

できるだけ人界から隔絶された場所で支配領域を拡げたかったのだろう。たしかにこんな力があればいろんな人間がよってきそうだし。

それにもし自分が権力者側で、支配者《クエスター》なんてやつが現れたら、まちがいなく大幻霊石を即座に破壊できるように仕掛けを施しておく。

支配者《クエスター》が逆らえないようにして、なおかつなにかあった時は即座に殺せるようにしておくのだ。

俺程度でもそう考えるということは、もっと頭のいい奴はさらにえぐい手を考えるにちがいない。

「たしかにこういう土地でスタートすると、初期は発展しづらいというデメリットはある。最初期を乗り越えれば、あとは邪魔者なしで発展させられるわ。気づいた時には手が出せないくらいに強力な支配領域ができあがっていた……これが理想ね!」

ここを本拠地にしたのは、ノリかと思っていたけど。どうやらアミィちゃんなりに考えてのことだったらしい。

「いい？　基本的に大幻霊石の間は、わたしたちの他は〈愛奴〉しか入れちゃだめよ？」

「あ、ああ……わかったよ……」

平和ボケした日本人の俺でも、この重要性はよく理解できる。どれだけ強力な力と支配領域を築いたところで、このクリスタルが砕かれたらすべてが無に帰すのだ。

「とにかくこの世界を拠点にしていることを隠しとおすためにも、日本でアミィちゃんの気配をにおわせておくということだよね？」

「その通り！　それと日本のものをこちらに持ち込んで、資源ポイント変換も試してみたいのよ～。こういうケースはわたしも初めてなんだけど。とんでもないものが作り出せるようになる可能性もあるわ！」

アミィちゃんは勇者召喚の魔法陣を利用することで、日本とこの世界のパスを繋げることができたけど、特殊な条件でもそろわないと、世界間の行き来はそう簡単にはできないとのことだった。

ある程度、これからどうしていくかの方針が見えてくる。

「クレオノーラとエッチしてエゴポイントをためつつ〈愛奴〉化を図る。そして領域の守りを固められたところで、一度日本へと移動。クレオノーラの妹については、エメちゃんの力がついたタイミングで……という感じかな？」

「そうね！　あと金銭に変えられそうなものを作成できるようになったら、森を出て町に売りに行ってみましょう！　そこで得たお金を使えばこっちの生活に必要な物を買えるし、それに資源ポイント変換効率のいいものを購入できる可能性もあるわ！」

森を出るまではエメちゃんを護衛につければ問題ないだろうとのことだった。

いざとなれば、今の俺には水麗閃もあるし……！　本当になんとかなるかもしれない。

またアミィちゃんの封印は〈愛奴〉の数が増えることで解放されていく。ある程度の封印が解ければ他の場所へ転移できるようにもなるらしい。〈愛奴〉も意識して増やす必要があるな……。

これからの目線合わせが終わったところで、さっそく大幻霊石に領域地図を映し出して支配者《クエスター》としての仕事を行う。

今は領域中心部にある家を中心に、防衛体制を構築しているところだ。堀を外周にもう一つ掘って、さらに新たに作成した柵も並べていく。

都市計画や街並みなどまったく意識しない、ただ中心部を守るための配置だ。

まぁ必要に応じていつでも更地化もできるし、今は戦力もエメちゃんだけだし、景観は気にしないでおこう。

「木の杭も作成できるようになっているね」

「ほんとね！　堀の底に設置したり、柵に取り付けることで魔獣の侵入を防げるんじゃないかしら？」

「たしかに……」

資源ポイントは消費するが、やはり安全には代えられない。夜の営み中に魔獣の咆哮とか聞こえてきたらシャレにならないし……。

防衛体制が整ったところで家の中にも手を加えていく。ベッドも新しいものに替えておいた。昨日もお互いの体液ですごいことになったし……。

「お風呂も欲しいなぁ……」

あとは水洗トイレも欲しい。トイレは未だに外で済ませている。支配領域内であれば堀も作れるし、最低限の下水設備も整えられると思う。

クレオノーラにも外でお願いしているからね……。

「生活レベルを上げたければ、どんどんいろんなものを資源ポイントに変換していくのよ！あと支配者《クエスター》レベルを上げる！」

「はい……」

まぁまだ支配者《クエスター》ビギナーだし。これもコツコツやっていくしかないか……。

■

「ヴィオルガ様。報告書は確認いただけましたかな？」

わたくしは名を呼んだ男性に視線を向けました。彼は宰相のガイツィオ。お父様が身体を崩してからは、彼と2人でこの国のかじ取りを行ってきました。

ガイツィオは醜く突き出たお腹をさすりながら、満面の笑みを向けてくる。

不快ではありますが仕方ありません。彼の不摂生はストレスによるものだと知っているのですから。

「ええ。モンドが自身の指揮する第一騎士団に勇者を加え、帝国に奪われていた北の要塞を奪還したのでしょう？　なんでも勇者がかなりの活躍をしたのだとか」

勇者召喚を行って30日目。我が国は今、帝国に勝利したと大いに盛り上がっていた。

領土を奪還し、さらに帝国を撃退したという事実は、諸外国にも驚きをもって報じられるでしょう。自然、わが国のプレゼンス向上にもつながる。

それに帝国を撃退した立役者である勇者たちを調べようという動きも出てくるはず。その力を知れば、わたしに接触を図る国も出てくるでしょう。

「いやはや……しかし大したものですな。まさか本当に帝国から城塞を奪い返せるとは……」

「あら？　信じていなかったの？」

「まさか。ただ召喚からわずか1ヶ月の出来事なのです。さらに戦場に赴いた騎士団はモンドの第一騎士団のみ。今ごろ帝国は、エンメルド王国がこれほどまでに強かったのかと驚いているでしょうな」

普通であれば、いくつもの騎士団を動員する必要があったでしょう。でも動いたのは高位貴族や魔術師が多く配属されているエリート部隊……第一騎士団のみ。きっとモンドはさらに影響力を増すでしょうね。

なによりやはり勇者の存在が大きい。彼らがいなければ、さすがに第一騎士団だけでは勝てなかったでしょう。

帝国もたった一つの騎士団が相手かと、かなり油断していたと聞きます。

「報告書によると、とくに聖剣の勇者様がご活躍されたそうですな。なんでも並みいる敵兵をためらいなく殺して回っていたとか……。他の勇者たちは及び腰であったという報告も一部では見受けられます。……なにかされましたかな？」

「フフ……さぁ？　きっと我が国のため、邪悪を滅ぼさんとその力を振るってくださったのでしょう」

聖剣の勇者ムロには幾人もの女をあてがいました。そして性行為中に特殊な香を焚かせたのです。

その香はたとえるのなら強烈な酒精。雑念を取り払い、思考能力を落とし、性行為による刺激がより強いものになるというもの。一部の貴族が道楽で使用するものです。

ですがこの香は、催眠行為にも使うことができます。ムロには連日この香を使用し、そして女を使って「帝国は邪悪な種族が支配する国である」という刷り込みを繰り返しました。

薬物ではないので、効果があるかは半々だったのですが。どうやらムロはかなり単純な……いえ、素直な性根の持ち主だったみたいです。

きっと彼の目には、戦場にいる帝国軍が邪悪極まる魔王の軍勢に見えていたことでしょう。

（単純と言えば……勇者たちは全員そうですわね）

あの年齢であれば、普通はもっと用心深くてもおかしくありません。ですがムロたちは誰も彼もがこちらの言うことを疑わないのです。

未だに隷属紋のことを勇者の印だと信じていますし、このぶんだと帰還の方法がないことも、一緒に召喚された野獣がすでに死んでいることも気づかなさそうですね。

とはいえムロ以外の３人にはまだなにもしていません。今回の戦を通じて心境に変化が訪れている可能性もあります。

今しばらく勇者の運用は静かに行っていきたいところですし……面倒ですが手は打っておきますか。

「ガイツィオ。聖剣の勇者に褒美を取らせます。その手配を」

「かねてからおっしゃられていた、貴族位の授与ですな」

「ええ、それと……奪還した地の領主に任命します」

「…………！　ヴィオルガ様……それは……！」

さすがのガイツィオもこの話には驚きが隠せなかったようです。まぁ当然でしょう。

あの地はもともと我が国の大貴族エグレストの領地。普通であれば彼の下に戻ってくる土地ですからね。

「あまりいい結果を呼ぶとは思えませんが。それに勇者様に領主の仕事が務まるとも思えません」

「でしょうね。なので代官として、モンドの親族を起用しましょう。基本的に勇者様方には、戦以外の時は王都にいてもらうつもりです」

「名目上の領主というだけでなく、モンドにも褒美を与えることができるということですね。しかしエグレストの反感を買いませんかな……？」

まちがいなく買うでしょうね。しかしエグレストはもはや以前ほどの力はありません。なにより妹に肩入れしているのが許せない。

彼には跪く相手を間違えたのだと思い知らせねばなりません。またわかりやすく冷や飯を食わされることで、他の貴族……とくに第一王妃派に対するけん制にも使えます。

地方の貴族は中央のことをよくわかっていないのに、口だけは出してくるものも一定数いますからね。

「エグレストが異を唱えたところで、もはや小鳥がさえずるのに等しい行為です。またそうした反感をうまく押さえ込むのはあなたの仕事でしてよ？」

「はは……承知いたしました」

「それと、一連の戦勝式典を終えたら、リリアレットを大共和国に出します」

「ほう……」

大共和国は歴史が浅く、また王族による統治が行われていないという野蛮極まりない国です。

そんな国が短期間で列強に並んだのは、ひとえにその資金力があってこそ、かの国の資金力は我が国も無視ができません。今回の戦に向けての資金繰りも用立てていただきました。

他にも多くの王国貴族がかの国の商人の世話になっています。今後の関係も考え、わたしは妹である第三王女のリリアレットを売ることにしました。

あの国の商人や議員にとって、王族という高貴な血は大変魅了的のようですからね。富を得た者が次に得たいのは、高貴な血筋というわかりやすいトロフィーなのでしょう。

しかしすこしほのめかせるだけで、巨額の戦費を貸しだすとは……。まぁ大共和国としても、もし王国が戦争に負ければ帝国と隣り合うことになるのです。資金を出してでも緩衝地帯は維持しておきたいのでしょうね。

「クレオノーラ様が約束がちがうとお怒りになりそうですが……」

「アレならもう死んでいるのではなくて？　一緒に放逐した者のなかに草を混ぜておいたでしょう？　そちらの報告は？」

クレオノーラを魔窟の森に放逐した際、そのお供のなかに密偵を潜ませていました。万が一にでもクレオノーラが森から出てきた場合は、すぐにこちらに連絡がくる手筈になっています。

「1ヶ月以上前に、魔窟の森の奥へと入っていったそうです。どうやら共和国へのルートを探るつもりだったみたいですな」

「たとえ共和国へ行けてもどうにもならないのに。やっぱり愚かね。……それで？」

「はい、どうやらまだ戻ってきていないみたいです」

「…………」

クレオノーラはあれで王族だけあり、すぐれた魔力を持っています。それに宝剣も所持していました。

1人ならば、もしかしたら森の中のルートを構築できる……そう考えたのでしょう。さすがに1ヶ月以上も戻ってこないということは、すでに死んだと判断して問題なさそうですね。

「なら問題ありませんね。その情報を持っていながら、アレの名を出したのですか？」

「はは、まだお隠れになられたと確定したわけではございませんからな」

本気で言っているのかしら……？　ガイツィオは顔も広いし、宰相としてそれなりに有能ではあるのですが、たまに冗談で言っているのかがわかりません。

「まぁいいです。とにかくこの方向で調整をしておいてくださいね」

「かしこまりました。ヴィオルガ様に従いましょう」

第三話　初めての愛奴と日本帰還

あれからあっという間に2週間が経過した。いろいろあったが、一番驚いたのはクレオノーラが1日に1体の魔獣を仕留められるということだ。

彼女が今使用できる呪術は、対象の体力を減らせるというものらしい。低空飛行で移動しながらひたすら呪術をかけ続け、完全に体力をなくして疲れきったところを、持っている剣で斬る。これが基本戦術とのことだった。

派手さはないし時間もかかる。だが勝率は高いし、仕かけられたほうはたまったものじゃないだろう。

なんせ敵は自分の間合いの外から確実に体力を削ってくるのだ。しかも追いかけようにも移動自体が素早い。

そしてご遺体となられた魔獣は、メイドさんたちが領域内へと運び込み、そのまま資源ポイントに変換される。これがまたけっこうおいしかった。

もちろん魔獣を見つけられない日もあるけど、この2週間で七体の魔獣を仕留められたのは大きい。おかげで作成可能なものも増えた。

支配領域もかなり防衛体制を整えられたと思う。今では獅子頭といえど、中心地までたどり着くのに時間がかかるだろう。

複数の魔獣に同時に襲撃でもされない限り、結構もつと思う。

また余裕ができた資源ポイントを使って、木製の家をもうすこし大きくした。食事するリビングと寝室も分けてある。トイレと風呂はまだないけど。

寝室にはこれまた大きなベッドを設置していた。ただしクレオノーラとエッチした次の日は、だいたい新しいベッドに作りなおしている。掃除するよりもその方が手軽で楽だからだ。

そしてこの2週間、毎日ではなくともそれなりに彼女と身体を重ねてきた。中出し回数もとっくに10回を超えている。

「ど……どう……？　ショーイチぃ……き、きもち、いい……？」

「クレオノーラ……！　あ、ああ……すごく気持ちいいよ……！」

アミィちゃんから報告を受けたのはついさっきのことだ。とうとうクレオノーラの好感度が98まで上がったと。

俺は夜になると、彼女を魔力供給のためといってセックスに誘う。さっきまで後背位で突き続け好感度が99になったところで、いよいよ騎乗位へと体位を変更した。

俺もクレオノーラも、バック以外でエッチするのはこれが初めてになる。最初は恥ずかしがっていた彼女も、慣れてきたのか今は俺の上でみだらに腰を振っていた。

「はあぁ……！　ショーイチのおち○ぽぉ……わたしのなかで……こんなにもかたくなってるうぅ……」

「う……！」

下から見上げるクレオノーラの肢体はとても妖艶だった。今は髪を下ろしており、普段の凛々しい装いから一転、とても貞淑な女性に見える。

そんな彼女がDカップの胸を揺らしながら、俺の上で股を開いて腰を上下しているのだ。

今日までバックでしかセックスをしてこなかったぶん、この景色には感動すら覚える。

「すごい……俺のち○ぽが、クレオノーラの中に出入りしてる……」

「んぁ……いわないでぇ……は、はずかしい……」

後背位ばかりで気づかなかったけど……女性に股を開けさせるという行為が、こんなにも興奮するものだったとは……！

たしかに後背位セックスも欲望を満たせるし、相手を支配した気になれる。でも股を開かせて俺の肉棒を入れるという行為も、同じくらい征服欲が満たされる。

普段は俺のペースでピストンを行っているが、今はクレオノーラが自分のペースで腰を振り、そして俺の肉棒から快楽を貪っていた。

動き自体ははやくない。でもどこか、ねちっこいというか……膣穴全体で俺の肉棒を丹念にしごこうとしているような動きだ。

「んひぅ……っ⁉　すご……はあぁ……！　だ……だんせい、とのまぐわいが……こ、こんなに……きもち、いいだなんて……んっ‼　し……しらな、かった……」

「ああ……クレオノーラ。俺もだよ……」

おかげでもともと持っていた欲望がさらに肥大化してしまった。

もっともっと女体をしゃぶりつくしたい。でも今は目の前の女性に意識が奪われている。

「きれいだ……とてもきれいだよ、クレオノーラ……」

「ほ……ほんとう……？」

「ああ、はじめて会った時からすごく気になっていた。好きだ……クレオノーラ、愛してる」

「ん……っ！」

腰が落ちてきたところで、膣圧が強くなる。クレオノーラは顔を真っ赤にしながらも俺に目線を合わせてきた。

「わ……わたしも……好きよ……。ショーイチ……愛してる……」

「……もう一回言って？」

「……はずかしい」

「おねがい」

じっと見つめ返して返事を待つ。クレオノーラはゆっくりとその美しい唇を開いた。

「愛してる。好き……大好き。すごく愛してる。好き好き……！」

「…………っ！　クレオノーラ……！」

やばい……！　なんだこれ、脳が破裂しそうな錯覚を覚える……！　女性から愛の言葉をささやかれるのが、こんなにも気持ちのいいことだったなんて……！

もちろん彼女の俺に向ける親愛はスキルによるものが大きいだろう。でもそれもどうでもいい。

こうしている今、彼女は俺が好きで俺も彼女が好き。そして今宵は特別な夜……そう、いよいよクレオノーラが〈愛奴〉となる夜なのだ。

この女の身も心も俺のものにする。その過程で得たスキルが活かせるというのなら、俺はなにもためらわない。

これからもこの力を用いて、もっと多くの〈愛奴〉がほしい。クレオノーラと出会って以降、俺の欲望は本当に際限がなくなっている。

最終的にすべて俺のモノにするのだ。クレオノーラはそのはじまりに過ぎない。

「クレオノーラ……このまま……イきたい……！」

「うん……うん……！　だして……！　わたしのしきゅうに……ショーイチのこだね、たくさんはきだしてぇ……っ！」

クレオノーラの腰の動きがより激しくなる。彼女も今のやり取りで感じてしまったのだろう。

大きく揺れる胸と快楽で表情をゆがませる姿を見て、いよいよその時がちかいと感じ取る。

俺のモノになるという儀式を完成させようと、歪んだ欲望がどんどん下腹部へと集中していく。

「はぁぁ……！　おち○ぽ……な、なかで、びくびくしてる……！　んぁっ⁉　だ……だす、の……⁉　いいよ……ああんっ！　たくさん……わたしのなか、まんぞくするまでぇ……っ！　ショーイチのこだね、だしてぇ……きもちよく、なってぇぇぇ……っ！」

「…………………っ‼」

これまでの人生で感じたことのない熱が、俺の欲望と混ざり合って肉棒を駆け巡る。

そしてその先端部から、クレオノーラの脳天まで突き抜けるかのような勢いで獣欲が撃ち出された。

「ん……んんんん………っ‼　はあぁぁ……っ‼　す、すご……っ⁉　これぇ……おち○ぽ、なかですごくあばれてる……っ⁉　ん、ああああ……。たくさん……こだね、はきだしてる……」

俺の射精に合わせてクレオノーラもイったのか、キュッと肉棒を締め付けてきていた。ああ……すごく気持ちいい……！

もしクレオノーラの腹部を透過したら、きっと俺の肉棒から撃ち上げられた精液が子宮壁へと衝突しているところが見られただろう。

というかクレオノーラがいなければ天井まで射精が届いていた自信がある。

俺はあまりの気持ちよさで、無意識に彼女の尻を両手でつかんでいた。けっこうな握力で強く尻肉をにぎりつぶしている。

「はあぁぁぁぁ………すごいぃ……ショーイチぃ……」

クレオノーラは俺に向かって覆いかぶさってくる。そしてお互いの顔を至近距離で見つめ合ってから、舌を伸ばしてキスをしはじめた。

「ん……んちゅ……」

射精はまだ続いている。下で深くつながりあいながら上では唇を合わせ、互いの舌を慰め合う。

また俺に密着してきたことで、彼女の胸の感触もしっかりと感じることができていた。

（これで……〈愛奴〉になったんだよな……？）

てっきり淫紋みたいなものが浮かび上がるのかと思っていたんだけど、そういうわけでもないらしい。

まぁ今はどうでもいい。いつまでもこの甘い時間を過ごしていたい……。

射精の波が収まってからも、ずっとキスをし続けていた。気のせいかクレオノーラからのキスが前よりも積極的になっている気がする。

（そういえば性行為中のキスでも、相手に催淫効果があるんだろうか……）

まぁスキルの効果は〈軽〉だし、性行為中だとそれほど効果がないのかもしれないけど。

「ん……は、あぁぁ……」

クレオノーラが舌を伸ばしながら唇の結合を解く。お互いの舌の間には透明な糸が引いていた。

彼女はそのまま、俺に体重をかけて密着してくる。すぐ側で聞こえるクレオノーラの息遣いがとても心地よく聞こえた。

「ん……もうすこし……このまま……」

「ああ……」

お互いに結合を解かないまま体温を交換し合う。

今、俺……すごく幸せだ……。

「ふふ……」

「………？　どうしたの？」

「だって……はじめてであった時、ショーイチのことすごくあやしい男だと思っていたのに。こんな短期間でこれほど好きになるなんて、思ってもいなかったもの」

やっぱりあやしいと思われていたらしい。俺はクレオノーラの頭を撫でながらも胸がいっぱいになっていた。

そもそもこれほどの美人に好きなんて言ってもらえたこと、これまでなかったのだ。ますますクレオノーラのことが愛しくなる。同時に、1人の女を征服したという衝撃が脳を貫く。

そして、それでもなお俺の欲望は満たされたという実感が得られていなかった。やっぱりまだまだ足りないらしい。エゴポイントを考えるとアミィちゃん的にも満たされたら困るんだろうけど。

「クレオノーラ……愛しているよ。いつか俺の子を……産んでくれないか……？」

普通ならドン引きセリフである。しかし俺はクレオノーラの答えがわかってこの質問をしていた。

「ええ……もちろん。ショーイチの望むタイミングで、何人でも。たくさん赤ちゃんを作っていいよ……。いつでも孕ませて……？」

「クレオノーラ……！」

肯定的な言葉が返ってくるのはわかっていた。でもそれで俺がさらに興奮させられたのは計算外だ。

「え……ショーイチのおち○ぽ……なかで、また……大きく……？」

そして、俺は彼女を最高の絶頂に導くため、後背位で激しく突き上げたのだった。

■

翌朝、ぐっすりと眠るクレオノーラを置いて、アミィちゃんと大幻霊石の間へと移動する。

続けて自分の状態チェックを行った。

「おお……！」

■クラス名・支配者〈クエスター〉レベル2
■エゴスキル・〈後背絶頂〉〈好感昇突（後）〉〈口交催淫（軽）〉
■愛奴スキル・〈不身呪〉
■支配者スキル・〈水麗閃〉〈色変更〉

愛奴スキルに新しい項目が記載されてる……！

「アミィちゃん！　これって……！」

「ええ！　クレオノーラを〈愛奴〉にしたことによって、新たに得たスキルよ！　わたしも多少は力が取り戻せたわ！」

アミィちゃんはご機嫌にクルクル飛び回る。アミィちゃんの封印は〈愛奴〉が増えないと解けないし、一歩前進した気分なんだろう。

「というか、これどんな効果があるスキルなの？　あとなんて読むの？」

「えぇと……効果はけっこう単純ね。1日に1人限定で、対象にすこし不幸が訪れるかもしれない呪いをかけるというものよ」

「え……!?　す、すごく地味じゃない……!?」

なんだよ、すこし不幸が訪れるかも……という呪いって。しかも1日に1人限定。

不幸というのも、どの程度のものを言っているのかもわからない。

「きっとクレオノーラのクラスである呪術師に影響されたものでしょうね～。ちなみに呪いの効果時間も不明よ」

「え……」

「それに支配者《クエスター》レベルが低いうちは、スキルの効果もそれほどでもないわ。読み方は……なんでもいいんじゃない？　〈フシンジュ〉でも〈オマエノフコウハオレノコウフク〉でも」

愛奴スキルの強弱にも支配者《クエスター》レベルが関係してくるのか……。

なんにせよ説明を聞くかぎり、使える場面はかなり絞られてきそうだけど……。

「というかさ。クレオノーラのクラスに影響されるって……付与されるクラスってガチャで決まるんだよね？　もし呪術師でなければ、ちがうスキルが手に入っていたってこと？」

「そうよ。支配者《クエスター》がクラスを付与し、条件を満たすことでその力が支配者《クエスター》自身にも宿る……そういうふうに考えてオッケーよん」

なるほど。そう聞くと〈愛奴〉が増えるということは、俺にとってもすごくメリットがあるな。

しかも愛奴スキルは、魔力やポイント的なものはなにも消費しないらしい。

その代わり一度使用すると、次に使用できるまでインターバルが発生したり、回数の制限があるとのことだった。

まぁ今回獲得したスキルは1日1人限定だし、インターバルもなにもないけど。

「ん？　でも与えたクラスの力って、〈愛奴〉にしないと俺に宿らないんだよね？　メイドさんたちに与えたクラスはどうなるの？」

メイドさんたちはそもそも穴がないし、〈愛奴〉にすることができない。でもクラス付与はできる。この場合はどうなるのだろうか……と思ったら、アミィちゃんはすぐに回答をくれた。

「いいところに気づいたわね！　結論から言うけど、メイドに与えたクラスはどうあっても支配者《クエスター》の身に宿すことはできないわ。理由は1つ、〈愛奴〉にできないから」

「やっぱり……。そういえばアミィちゃん、前に言っていたよね？　クラス付与はガチャだけど被りはないって。メイドさんがすごくいいクラスを引きあてても、愛奴スキルとして還元されることはないということ……？」

クラスが他にどんなものがあるのかわからないけれど、なんとなくもったいない気がしてくる。

俺自身の強化にもつながるのなら、なるべく魔法少女たちにクラス付与を行いたい。

「クラスに被りはないわ。でもクラスの持ち主が消えたら、またそのクラスを付与可能になるの」

「え……」

「たとえば初めて魔獣に襲われた時に顕現したメイドに与えたクラス……覚えている？」

この森に落とされて、アミィちゃんと話してすぐの時か。あの時はメイドさんに魔獣を倒してもらったんだった。

「たしか……槍士〈ランサー〉だったと思うけど……」

「正解！　でもあのメイド、維持できなくてすぐに消えたでしょ？　今クラス付与したら、ガチャの結果次第でまた槍士〈ランサー〉が出てくるわ」

なるほど……被りなしってそういう意味か。

クラスは一期一会ではなく、現時点でだれも持っていないものがガチャ抽選で出てくるようだ。

「それと、そもそもメイドにはクラス付与してもしなくてもいいのよ」

「そうなの⁉」

「そうよ～。でも今はちょくちょく領域外に出ていってもらっているし。いざという時に魔獣から逃げられるように……あるいはショーイチが逃げるまでの時間稼ぎができるように、最低限の力は与えておきたいのよ。それで低級メイドにもクラスを付与しているという感じね！」

なるほど……てっきりメイドさんはクラス付与しないと動かないものだと思い込んでいた。

じつはそもそもクラス付与してもしなくても動けたらしい。

「もし今の低級メイドがいい感じのクラスを持っていたら、どこかのタイミングで処分するつもりよ」

「え!?」

鬼……！　本当に道具扱いしてる……！　いや、実際に道具なんだけど……！

なんというか、人間の容姿をしているからすこし抵抗感を覚えてしまう。

「とくにアイオンの斧騎将〈アックスナイト〉はけっこう惜しいのよね～！　魔法少女の数次第では、どこかで廃棄してもいいかと思っているんだけど」

「ま……まぁ、おいおい考えようよ……」

ちなみにアミィちゃんは各種ポイントに余裕ができたら、低級メイドをたくさん量産し、片っ端からクラス付与をしたいらしい。

それで大したクラスが出なければそのまま放置。こうすることでよりいいクラスが出る確率を高められるのだとか。

被りなしという性質を利用したものだろう。ただそこまで余裕が出るには年単位の時間が必要とのことだった。

「それにクラスは基本的にどれも良い点があるしね！」

「ようは使いようってこと？　まぁ俺にはクラスの良し悪しがわからないし、ガチャならなおさら何も言えないよ」

　いずれにせよ、これで目的の一つだったクレオノーラの〈愛奴〉化が完了した。俺としても一歩前進した気分だ。

　考えてみれば、これまでの人生で俺に従順な女性なんてはじめてだ。思う存分好き勝手でき、俺の欲望をぶつけられる存在。これから彼女とすごす人生を考えると、思わず笑みが浮かんできてしまう。

「くく……あれだけの美人が、俺のモノに……！」

「心の声が漏れてるよ～。あ、そうそう。たしかに〈愛奴〉は支配者《クエスター》に服従状態だし、好感度も100で固定されているけど。扱いには注意ね！」

「え……どういうこと……？」

　俺の言うことにはなんでも従う状態なんだよね？　扱いもなにも、気にすることなんてないと思うけど……。

「〈愛奴〉はメイドとちがって、パーソナリティの確立された人間よ。当然、考える脳と感情が存在している。もし都合のいいペットのごとく扱ったり、相手の心を乱すような発言を繰り返したりすると、それは〈愛奴〉の人格をゆがませることに繋がるの」

「…………え」

「どういう影響が出るかは、もちろん各々の性格や育った環境次第なところはあるけど。人によっては、主人たる支配者《クエスター》を殺して自分も死ぬことこそ、真実の愛を貫いたことになる……なんて判断をする可能性もあるわ」

「えええぇぇ⁉」

「もしくは暴力でわからせたり、人質を取って自分の言うことを聞かせたほうが、最終的には主人のためになる……と、判断して行動に移す場合もあるかも？」

「……………………っ‼」

なんだそれ……！　え、扱いには十分にお気を付けください系なの⁉

「誤解してはいけないのは、決して依存状態にあるというわけではない、ということよ。とくにショウみたいな男は、都合のいい女が近くにいると、その辺わからずにＤＶをしがちだからね」

「しないよ⁉」

たぶん……！

「とにか～く。〈愛奴〉というのは、ショウに与えられた都合のいいオモチャではないということね！　そして一個人として尊重する気持ちを忘れなければ、そう困った事態にはならないわ！」

アミィちゃんの言うことにはすこし驚いたけど、これもまぁ当然と言われれば当然のことだ。だれだって自分の人格を否定されるようなことは言われたくないし、されたくもないだろう。

でもこうして言われなかったら、俺は無意識に傲慢な態度を取るようになっていたかもしれない。〈愛奴〉は俺の言うことをなんでも聞くペットだと、雑に扱っていた可能性もある。

他ならない俺自身がそういう扱いをされるのがいやだというのに。

なんだかアミィちゃんと契約してから、情操教育を受けているような気がしてくる。もういい年なのに……。

「……肝に銘じておくよ。クレオノーラはあくまでクレオノーラ。彼女の人格を貶めるようなことはしない」

「尊厳を貶めるスキルはたくさん使ってきたけどね！」

「だいなしだよ！」

それを言われたらなにも言えない……！

まぁいいさ。俺のような男は、スキルでもなければクレオノーラのような美人お姫様とお近づきになれないんだから。

そして命がかかっているぶん、スキルの扱いについては遠慮しない。使用をためらって死のリスクを上げるくらいなら、これからもどんどん使っていく。

どこまでいっても自分本位なのは、それだけ俺のエゴが強いからだろう。そこをアミィちゃんに目をつけられたわけだし、俺自身、それをわるいことだとも考えていない。

「ところで十分にエゴポイントがたまったしぃ……。そろそろ行っちゃう？」

「え？　どこへ……？」

「日本」

　アミィちゃんから日本という単語を聞き、ドクンと心臓が鼓動を打つ。

「ほら、日本のモノを持ち込んで、資源ポイント変換とか試してみたいって言ったでしょ？」

「ああ……言ってたね。あとこの拠点のカモフラージュを兼ねて、アミィちゃんの気配も漂わせておきたいんだっけ」

「そうそう！　わたしも複数の世界を渡れる状態で、支配領域を発展させるのなんて初めてだしぃ。なにができるのか、早いうちに探っておきたいのよね〜」

　俺自身は日本に行っても、とくにすることはない。拠点がある以上、魔法少女候補もこっちの世界で見つけた方が安全だろうし。

　一方でアミィちゃんの言う点に関しては、俺も気になるところだ。うまくいけば資源ポイントを効率よくためられる可能性もある。

「たしか世界間の行き来には、少なくないエゴポイントを消費するんだよね？　で、一度転移したら、次に再移動するまでインターバルが発生するって話だったけど……どれくらいの期間になるのかな？」

「さぁ？　そこはわたしの封印も関係するところだし、とりあえず行ってみないとわからないわね。まぁ1ヶ月も必要だなんてことはないでしょうけど」

　俺が日本に行くとなると、気になるのはクレオノーラのことだ。彼女はこちらの世界に置いていくことになるのだから。

…………ん？

「そういえば……クレオノーラを連れていくことはできないの？」

思えばアミィちゃんは一度も「俺しか転移できない」とは言っていない。もしかしたらクレオノーラも連れていくことができる……？

というか、アミィちゃんは日本で魔法少女候補を探すことにやや否定的だった。でも反対という感じでもなかったのを思い出す。

仮に日本で魔法少女が生まれれば、こちらの世界に連れてくる必要がある。魔法少女の役目は追手の撃退と、支配領域の発展に貢献することだからだ。

これらのことを考えると、魔法少女も世界間の行き来が可能なのだと想像がつく。おそらくクレオノーラも日本に連れていけるのではないだろうか。

「できるけどできない、といったところね！」

「……どういうこと？」

「今のわたしでは無理、という意味よ。もうすこし封印が解ければ、1人くらいならば同行させられるんだけど」

アミィちゃんが言うには、世界間の移動は基本的に俺とアミィちゃんのセットでできることらしい。また支配者《クエスター》と契りを交わした魔法少女であれば、その転移に同行させられるということだった。封印次第では、魔法少女でなくとも連れて行けなくもないらしい。

ただし同行させるとなるとかなりのエゴポイントを消耗する。その消費量は〈愛奴〉が増えて、アミィちゃんの封印が解けるほど減らせるらしい。

「つまり〈愛奴〉の数を増やすことで、魔法少女を伴っての転移がしやすくなると……」

「そういうことね！　それと拠点から離れる以上、大幻霊石を直接守る守護者の存在は不可欠だわ。クレオノーラには日本から帰ってくるまで、ここでその役目を担ってもらわないと」

それもそうだ。大幻霊石はすべての要になっている。不在中に破壊されたら、これまで築き上げてきたものがすべて失われてしまう。

ここは賊なんていないし、脅威はたまに現れる魔獣くらいだ。その魔獣も大型のものが多いし、地下への階段に入れる個体が多いというわけではないけど。それでもクレオノーラが残ってここを守ってくれるのなら、俺もたいへん心強い。

「……わかったよ。いずれにせよ日本には一度戻っておこうと思っていたんだ。１ヶ月も行方不明になっていると、捜索願いが出ていてもおかしくないし」

アミィちゃんと日本に行ってなにをするかの目線合わせを行っていく。

まず１ヶ月経過したことによる影響に対応する。そして日本から異世界に持ち込めそうなものの選別。合わせて、アミィちゃんを追ってきた追手の警戒。可能なら情報を集める。

整理できたところで、支配領域の防衛体制をさらに厚くしていった。すこし離れるのだ、柵や杭を作成してガチガチに固めていく。今はエメちゃんが狩ってくれる魔獣のおかげで、資源ポイントにも多少の余裕があるし。

でもより支配領域が拡大すれば、今の収支では満足な運営ができないのも目に見えている。

場合によっては支配者《クエスター》レベルが上げられるようになっても、様子見をしたほうがいい時もあるかもしれない。

昼を回ったところで外へと出る。そして小屋の外で、目を覚ましたクレオノーラと昼食を取りつつ、アミィちゃんと話し合ったことを聞かせていった。

「なるほど……しばらく元いた世界に戻るから、わたしにこの地を守っていてほしいということね」

「そうなんだ。お願いできるかな……？」

「もちろん！」

クレオノーラは満面の笑みでうなずきを返してくれる。すごく美人……！

「ショウがいない間は、中出しによる魔力供給ができなくなるから～。常に変身しっぱなしで狩りに行く……ということも控えておいてね！」

そうか……その問題もあった。魔法少女から元の姿に戻ると、魔力がフルＭＡＸまで回復しないと再変身ができない。

普段は俺と夜を共にすることでその魔力を回復させているけど。俺がいなくなると、魔力の急速回復ができなくなってしまう。

「まぁ向こうでやることなんてあんまり多くはないし。なるべく早く帰ってくるよ」

「ええ、待っているわ。なにがあってもここは守り通すから！」

大幻霊石の重要性を話したせいか、クレオノーラの目には強い決意とやる気が満ちていた。

「でも魔獣狩りにもいかないとなると、クレオノーラには退屈させてしまうかな……」

「それもだいじょうぶよ。ここで剣の素振りをしておくから」

そういえば初対面の時から彼女は立派な剣をお持ちだった。構えも慣れたものだし、ずいぶんと長く扱っていることは想像できる。

「クレオノーラは剣が得意なの？」

「ええ、幼少のころより剣の修練をさせられていたのよ」

「…………？　お姫様なのに、剣の修練を……？」

たしか以前クレオノーラは、自分と妹は第二王妃の娘だと話していた。つまり血筋でいっても、そうとう恵まれた生まれである。

そんな彼女が幼少期から剣を習っている……いや。習わされていたというのは、かなり違和感のある話に聞こえる。

まぁエンメルド王国では当たり前なのかもしれないけど。

「わたしには魔術師の才能がなかったから。エンメルド王国では魔術の才は、そのまま貴族としての才として見られるわ」

かつて大陸でも有数の魔法文化が進んだ王国だったということに関係しているのだろう。なんとなく想像がつく。

「でも魔力自体は持っていたのよね。そしてわたしは母の家に伝わる〈宝剣ミゼリック〉……これの秘宝珠を発動させることができたの」

そう言うとクレオノーラは鞘に納められた宝剣を見せてくれる。そこには持ち手の部分に、ひときわ立派な宝石が埋め込まれていた。

「……秘宝珠というのは？」

「一部の武具には、こうした力ある宝珠……秘宝珠が装着されているの。これには固有の能力が封じられていて、魔力を消費することで引き出すことができるのよ」

宝剣ミゼリックの秘宝珠の能力は所持者の高速移動。魔力を消費し続けるかぎり、通常では考えられない速度で走ることができるそうだ。

クレオノーラは魔窟の森で獅子頭の魔獣に出会った時、その能力を用いて足を斬り、その場から逃げ出したそうだ。

だが仲間たちの元へ戻ると、魔獣が追ってくる可能性もある。そのためあえて奥に入り込むように逃げ、湖で休息してから帰還を試みるつもりだったらしい。

俺と出会ったのは、まさにそのタイミングだったというわけだ。

どうして彼女が単身であんな場所まで来れたのか、その理由が今さらながらに理解できた。

（そういえばあの時、切り札があったからどうとか話していたな……）

その切り札こそが秘宝珠の力を指していたのだろう。ちなみに秘宝珠の能力は、だれもが引き出せるというものではないらしい。

クレオノーラには家に伝わる宝剣から能力を引き出せる素質があった。

「第一王妃の娘だし、母も将来、姉と王位を巡って対立する可能性を考えていたんでしょうね。

魔術師になれずとも、宝剣を扱えるのだという立ち位置をわたしに与えようとしていたのよ」

ちなみにお姉さんは、魔術師としての才能がすごいらしい。まぁ勇者召喚なんてやってみせたくらいだしね……。

いろいろクレオノーラの事情を聞けたのはよかったと思う。それにこの世界に対して、また一つ理解を深められた。

そして昼食を済ませると、いよいよクレオノーラにこの地を任せて、俺はアミィちゃんと共に大幻霊石の間から日本へと転移をする。

「それじゃ……行っくわよ～！」

「わわわ……!?」

視界が真っ白に染まる。思わず目を閉じたが、ゆっくりとまぶたを開けると、景色に大きな変化が見られた。

「…………っ!?　こ、ここは……！」

なんとそこは見慣れた我が家だったのだ。築50年、２階建てアパートの一室である。

都内でありながら家賃は月３万という格安物件だ。ただし最寄りの駅まで歩いて30分であり、立地はとてもよろしくない。

狭苦しい１Kの部屋の中は洗濯物がいくつもつるされていた。これも異世界ダイブする前のままだ。

「よし！　うまいこと転移できたわね！」

なつかしい光景に、一瞬これまでの出来事はすべて夢だったんじゃないかという錯覚を覚える。

だがすぐ側から聞こえてきたアミィちゃんの声とその姿がそれを否定していた。

「というか……転移先、なんで俺の家なの……？」

「一番ショウの薄汚れたエゴが充満している空間で、手軽に干渉しやすいからよ？」

「え……どういう意味……？」

「長年にわたって、この空間でいろいろ負の感情を募らせてきたでしょ？　ほら、人の呪いや怨恨がたまっている土地って、日本にもいろいろあるじゃない？　それみたいな感じよ」

いわゆる心霊スポット的なものを言っているのだろうか。だとすれば強く抗議したい。この部屋はたしかに清潔感には欠けるが、断じて事故物件ではない。

たしかに実家を追い出され、バイト生活を送りながらこの家でいろいろ考えてきたさ。

どうして高校生の時、成績が下だったやつが俺よりもいい生活をしているんだとか。

大学いかずにさっさとできちゃった結婚した奴が、充実したリアルライフをSNSであげてイイね！　もらいまくっているんだとか。

弟と結婚した幼馴染のミヤコちゃんが、赤ちゃんの写真をあげているところとか。

「出張から帰ってくる旦那様に料理作りました♡」という写真を見た時、弟は毎日こんな手料理をふるまわれているのかと嫉妬心を覚えたりもした。

いや、あの時は途中で意識を失って、気づいたらトイレで吐いていたんだったか……？

その幸せ、本来であれば俺が得られているものだったのに……とか考えていたような気がする。

他に今でもごくまれに同級生から同窓会の連絡をもらったりする。でもそれは友人だから声をかけたというわけではない。奴らは格下だとわかっている俺を呼び出し、今の自分はこいつと比べるとどれだけ優れた社会人なのだろうと優越感を得たいのだ。

そんなメールやSNSを見ては、この部屋で眠れぬ夜をすごしてきた。お金がないから、酒に逃げることもできない。

ただスマホを触り、ゲームをしたり小説を読んだり、お気に入りの画像でヌいて寝る。そしてバイトをしてお金を稼ぎ、毎日を必死に生きる。そんな苦楽を……いや、苦中心の生活をこの部屋で何年も営んできた。

俺がこうして人生の残り時間を浪費している中で、弟や同級生たちは……と、何度考えてきたかわからない。というか、ほぼ毎日そんなことを考えていた。

それで心霊スポット呼ばわりはさすがに抗議したい。そう思い、口を開きかけたところでアミィちゃんからの言葉が続いた。

「原則として世界間の行き来は、大幻霊石の間とこの部屋が出入口となるわ」

「そうなの……？」

「ええ。まぁわたしの封印次第で、こっちの世界の出入口は変更できるかもだけど。向こうの世界の出入り口は大幻霊石の間に限定されるわ」

理由として「環境設定が～」とか「負荷と身体保護の理論数値で～」とか言っていたけど、ほとんど理解できなかった。まぁ出入り口は常に決まっているとわかっていれば大丈夫だろう。

俺は床に転がっている、充電器をさしっぱなしのスマホを見つける。そういえばあの日、俺はスマホを家に忘れていたんだった。川に落ちて異世界転移していたことを思うと、忘れていてよかったと思う。

1ヶ月も行方不明になっていたんだ。さぞたくさんの連絡が来ているんだろうなぁ～……と思って画面をつける。するとバイト先の店長からのみ着信履歴があった。

「…………………」

家族からも警察からもなにも連絡が入っていない。着信もメールもなし。迷惑メールですら受信していない。

だが店長からは3日に1回というペースで着信が入っていた。アミィちゃんはスマホの画面を見ながら確信を得たような声を出す。

「うんうん、時間もきっちり1ヶ月ね！　向こうとこっちでズレがなくてよかったわ～！　でもショウ、店長からすごく電話きてるじゃない。飲食店だっけ？」

「あ……ああ……」

俺はここ2ヶ月、24時間営業のどんぶり屋でアルバイトをしていた。シフト時間も日によって異なる。

たまに深夜のワンオペもしていたので、店長からすれば無断欠勤が1人増えるだけでかなりの負担になっていただろう。

怒っているだろうなぁ……はぁ、でもＪＫと付き合っているんだし、そこは広い心で許してほしい。

「とりあえず電話してみるよ。店長にはバイトをやめるって言わないとだし」

「もうとっくにクビになっているでしょうけど」

折り返し電話をかけると相手は１コールで出た。はやい。たぶんスマホを触っていたんだろう。

『清水さん！　どしたんすか〜。急にこなくなるし連絡もつかないしで、心配してたんすよ〜』

「え……ああ、すみません。ちょっとトラブルに巻き込まれていまして……」

電話先の店長の声は、本気で俺を心配しているように思えた。怒っている様子もない。

『え、大丈夫なんですか？　シフトとか、すこし空けておいたほうがよさげです？』

「それなんですが……勝手を言って申し訳ないのですが、辞めさせていただきたいと思っていまして……。いつシフト入れるかわからないので、店長に迷惑をかけるのも忍びなくて……」

あれ……？　店長、俺のことを気遣ってくれている……？　この言い方だと１ヶ月も無断欠勤していたのに、まだクビになっていないみたいだし。

どうしよう、ちょっとうれしい。人にこんなに気遣われたの、数年ぶりかもしれない。

すこし前まで高卒の年下店長で、俺よりも恵まれた生活を送っているパリピボーイだと思っていたのに。こんなにいい子なら、そりゃＪＫも惚れるんじゃないだろうか。

『そっすか〜……残念ですけど、清水さんにも都合がありますもんね……。わかりました。先月までの給料は「ああんっ！」』

「…………っ⁉」

え……い、今、電話口から女性の声が……⁉

店長はマイク部分を手でおおったのか、ものすごくくぐもった声が聞こえてくる。

『おい、声出すなよ……！　ったく。いや、たしかにハメ撮り中に着信があって、誤操作で出てしまったのは俺だけどさ……』

あ……あれ……。なんだか今、すごい発言が聞こえたような……？

「て……店長……？　おーい、もしもし……」

『あ、ああ。すみません、清水さん。給料は振り込まれているので、確認をお願いします。もし不明な点があれば、またおっしゃってください。すみません、これで失礼しますね』

ああ……どうやらJKと仲良しタイム中だったらしい。というかハメ撮りしていたのか。

そして1コールで着信に出た謎も解けた。そりゃ出るつもりなくても、画面操作中なら誤操作もじゅうぶんにあり得る。

「電話終わった〜？」

「う……うん……」

なんだろう、この気持ち。たぶん店長が俺を心配していたのは本当なのだろう。だからこそJKとハメ撮りしつつ俺と電話で話していたことに対して、嫉妬心はあれど憎しみに感情を昇華させづらい。

たぶんクレオノーラの存在も大きいと思う。たとえ店長がかわいいＪＫとヤれていても、俺は異世界のお姫様とヤれているんだという自尊心がわずかに慰めになっている。

ここまで考えて、ヤった女で張り合おうとしていることのなんと虚しいことかと思ってしまった。こういうところにも俺のプライドとエゴが出ているな……。

「はぁ……もう考えるのはよそう。えーと、口座資金は……」

アプリを開いて確認すると、たしかにバイト代が振り込まれていた。総資産は20万円である。

家賃と電気ガス水道代合わせて、およそ5万円。食費も考えると、あまり余裕がある金額ではない。

俺はこの現状をアミィちゃんに共有した。前に彼女が言っていた資金繰りを期待してのことである。

「なるほど……。食費も入れると、もって2～3ヶ月といったところかしら？」

「そうだね。まぁ食費は切り詰められるけど……」

「でも日本から異世界に持っていく物もいろいろ試したいのよね～。その中には当然、お金で購入できるものも含まれるしぃ。もうすこし余裕がほしいところよね～」

支配者《クエスター》レベルが上がり、さまざまな種類の物を資源ポイントとして捧げると、いずれ金銭的に価値のある物も作成できるようになるという話だった。

ただし日本で売りさばくにはいろいろハードルが高い。そのためしばらくは異世界の他の町で売って金にしよう……たしかそんなことを言っていた。

「お金に関して何かいい案とかある？　正直、向こうの世界を放置できない以上、こっちでバイトとかむずかしいんだけど……」

あと単純にもう働きたくない。アミィちゃんはこっちの世界の物を資源ポイントに変換することに前向きだけど、俺としては異世界で暮らしても問題ないのだ。

というかあっちの方が生活の質が上だし。飲食の心配がなく、ここより広い家に恋人までいる。ちょっとシビアな世界というだけで、不満らしい不満はないのだ。

「いくつか考えてはいるのよね〜。でもいずれもすぐにはできないことだわ」

「……たとえば？」

「アパレルショップよ！」

現時点でも俺は簡素な服を作成できる。これも支配者《クエスター》レベルが上がり、さまざまな物を大幻霊石に捧げることで、より上質な服を作れるようになるらしい。

そのタイミングでどこかで店舗を用意し雇った店員に店を任せる。並べる服はすべて異世界産。

これなら元手に資源ポイントしか消費していないし、売れば金を作ることができる。

「初期費用のハードルが高いんだけど……」

「そうなのよね〜。開業届けも必要だし。まぁ最初は有名ブランドに売り込んで……というのも考えられるけど。どちらにせよショウの営業力もいるし、どうするにせよすぐにはできないわ」

なんにせよ今すぐにこの貧困状況を解決できそうにはない。こうなると食費や電気代を浮かせるためにも、さっさと異世界に戻りたいところである。

あとクレオノーラを抱きたい。さっきJKの声が聞こえたせいで、ムラムラしてきてしまった。

「とりあえずなにを異世界に持ち込むか、その候補を考えようか」

「そうね！　あとどの程度まで持ち運びができるのかもデータを取りたいわ！」

「え……。どういう意味？」

「言ったでしょ、わたしも複数の世界を渡れる状態で領域を形成したのは初めてだって。日本からどこまでの物を異世界に持ち込めるのかが未知数なのよ」

俺が持っているものであればなんでも持ち込めるのか。あるいは転移時、周囲にあるものはすべて持っていけるのか。もしくはある一定以上の大きさのものは持ち込めないのか。

そうしたデータを取りたいらしい。てっきりなんでも持っていけると思っていた。

「もちろん制限なく持ち込める可能性もあるわ。とりあえずいろいろ試してみましょ！」

「わかったよ。でも少なくとも着ている服は持っていけるよね？　初めて異世界に行った時も、今もこうして服を着ているし」

4人の陽キャリア充勇者たちはスマホとか持ち込めていたんだろうか。あの時はだれも触っていている様子はなかったけど。

「初めて異世界に行った時とわたしの転移は別物よ。異世界から日本に転移した時に服が持ち込み可能だとわかったのは今よ」

「え……そうなの……？」

つまりアミィちゃんは、もしかしたらすっぽんぽんでこの部屋に飛ぶかも……と考えていたと。

この言い方だと異世界から日本に持ち込めるものもどのくらいの制限があるのか、まだまだ未知数だということになる。

アミィちゃんとの話し合いで、異世界持ち込み候補をあげていく。大きさは大小さまざま、そして植物の種はマストで持ち込む。実際に向こうで植えてみて、実った野菜や果物を資源ポイントに変換してみるという実験のためだ。あとそこまで高くないというのも素晴らしい。

「なんでも持ち込めるなら、ぜひ車を試してみたいわ……！　あれだけ優れた工業製品ですもの、すごく資源ポイントが稼げると思うのよね……！　それに奇想天外なものが作成可能になる可能性もあるわ！」

「買うお金ないし、免許も持っていないよ……？」

とにかく外に出て、安くて資源ポイント変換効率のよさそうなものを探しに行こう。

そんなわけで、俺たちは外に出たのであった。


「けっこう買ったね……」

あっという間に2日が経過した。部屋には各種野菜や果物の種、それに簡単な金属製品が並んでいる。たとえばスコップやスプーンである。

異世界では最初に閉じ込められた鉄部屋以外に、金属製品を資源ポイントに変換していない。ここでより金属素材を捧げておきたいところである。

どれも100均で購入できるというのもうれしい。合わせて家に転がっていたペットボトルなど、プラスチック製品のゴミも持っていく予定だ。

さらに塩コショウなど、調味料系も用意した。向こうで食べる肉はなんの味付けもないし。

「でも久しぶりに食事にお金を使ったからか、けっこうぜいたくしている気分になるよ……」

「こっちじゃ生きているだけで毎日お金が必要だもんねー」

ただでさえ今は収入のあてがない状態だ。できるだけ出費は抑えたい。

「まだ異世界に転移はできなさそう？」

「うーん、まだね～」

やはり貧者が逆転するには、宝くじに人生を捧げなければならないのだろうか……。

そんなことを考えていると、スマホの画面に明かりがついた。

「ん……？」

久しぶりに通話アプリにメッセージがきたようだ。差出人を見ると、高校の同級生だった。

「なになに……って、森崎か。いつぶりだ……？」

森崎は高校三年の時の友人である。こんな俺だが、大学受験に失敗して家から追い出されるまでは何人か友人がいたのだ。

森崎は高校卒業後も何度か連絡を取ったことがある。でもこうしてメッセージをもらったのは数年ぶりのことだった。

『清水、元気か？　実はこの間、お前の弟と話してよ。今どうしているのか、ちょっと気になったんだ。余計なお世話かもしれないけどいいバイトを紹介できる。興味があったら連絡をくれ』

どうやら弟がなにか話したらしい。どうせ今も定職に就いておらず、ボロアパートで負け組人生を送っているよと言ったのだろう。

しかし、いいバイトを紹介とかあやしすぎるだろ。たしかに稼ぎもないから、どんなバイトなのかは気になるけど。

そう思っていたら、森崎から2通目のメールが届いた。

『俺、今は公務員で市営体育館とプールの管理者をやっているんだ。普段は委託業者に任せているんだけど、そこにバイトとして紹介ができる。ガチガチのシフト制でもないし、自分のペースで組むことも可能だ。交通費支給だし、その気があるなら来月末までに連絡をくれ』

どうやらあやしいバイトの誘いではなかったらしい。疑ってすまぬ、森崎。でも数年ぶりに連絡がきてバイトの話をされたら、だれでもあやしむと思う。

というかあいつ、今公務員だったのか……知らなかった……。きっとそれは順調な人生を歩めているのだろう。

なんなら弟と会話をし、かわいそうな同級生に公務員として施しをくれてやるかという、哀れみから生まれた行動ではなかろうか。こういう奴は無意識に、かつナチュラルに俺のような負け組を見下してくるのだ。いや、見下している自覚すらない。

俺を気遣っているつもりでも、俺からすれば公務員となった同級生から情けをかけられているのは屈辱である。

1ヶ月前の俺なら、見向きもしないメールだっただろう。だが。

（よりよい異世界生活のためには、もうすこし日本円が欲しいのも事実……。もし本当に自分のタイミングで働けるのなら、わるい話じゃない……）

頭の中で凝り固まったプライドと異世界生活の天秤が揺れ動く。それに交通費支給というのも大きい。数時間かけて徒歩で向かえば、交通費もポケットにしまうことが可能である。

「ぐぬぬぬぬぬぬぬぅ……」

「どうしたの。お腹を空かせて倒れているところ、小学生から飴玉を恵んでもらって受け取るかどうか悩んでいるような顔をして」

森崎からの施しを受けるかは悩んだが、返事は来月まで待ってもらえるみたいだし。とりあえずもうすこし考えてから結論を出すことにした。

「うん。今すぐ返事しないといけない理由もないもんね……」

いったん保留だ。今はこの1ヶ月で状況が変わりすぎて、自分自身まだ整理しきれていない部分もあるし……。

「……そうだ。この機会にあらためて俺の能力やアミィちゃんの力について整理しておきたいんだけど……」

「うん？　いいけど……なにを整理したいの～」

「支配領域と資源ポイント、それにエゴポイントについてのおさらいをしておきたい」

およその話は聞いてきたけど、最初に説明を受けた時は俺もいろいろ大変だったし、記憶しきれていない部分もあると思う。

「まず俺は支配者《クエスター》だから、支配領域内を自由にできるんだよね？　建物を建てたり、堀で囲ったり……」

更地化もできるし、やろうと思えば遊園地にあるような迷路も作れる。限られた土地内とはいえ、なんだかゲームみたいでおもしろいと思う。

「そうね！　ただし何を作るにしても、素材と資源ポイントは必須よ！」

伐採した木や果実、果ては魔獣の死骸まで大幻霊石に捧げることで資源ポイントに変換できる。そしてこれまで何を変換してきたかによって、また新たに作成できる物が増えていく。

「新たに作成できる物は、支配者《クエスター》レベルが上がることでも増えるんだっけ？」

「その通りね～。レベルを上げるには資源ポイントを一定以上消費する必要があるわ！」

そしてレベルが上がると、魔法少女の能力が向上し、支配領域の面積も広がる。

「他に資源ポイントでできることって何かあったっけ……？」

「顕現したメイドの存在維持よ！　忘れちゃった？」

そうだ……それもあった。アイオンさんなど、メイドさんは常に資源ポイントを消耗して存在を維持している。支配領域内であれば自動的に供給され続けているけれど、領域外へ出てしまうと、いずれ消えてしまうという。

強力なメイドほど維持するために秒あたり多くの資源ポイントを消費するが、対してあまり強くないメイドさんは低燃費になる。そのため多少であれば、領域外に出ての活動もできるという特徴がある。

「数をそろえるにも、一定量以上の資源ポイントを安定して稼げるようになる必要があるのか……」

「そういうことね～。そのメイドたちも、顕現自体には資源ポイントではなくてエゴポイントを使用することになるわ」

エゴポイント……これは俺の欲望を満たした時に得られるポイントだ。アミィちゃんに契約者として目をつけられた理由になるが、俺はドロドロとした欲望を煮えたぎらせており、かなりエゴポイントをためやすいのだとか。

クレオノーラとのエッチでもかなりたまるのだが、プレイ内容でも大きく変動する。また欲望を満たす行為というのは、エッチに限らない。

「エゴポイントはメイド顕現の他、魔法少女の契約を交わす時にも必要になるわね！　あと今回みたいに、日本と異世界を行き来するにも必要になるわ」

そしてアミィちゃんの最大の目的が、このエゴポイントを大量に集めて、自分にかけられた封印を解くことである。

アミィちゃんは今、大半の力を封印されている。アミィちゃんを狙う追手もいるので、はやくこの封印を解きたい。そのため、よりエゴポイントをためやすい契約者を厳選していたそうだ。

「封印が解けていくと、できることも増えていくわ〜。わたしはもともと空間に干渉する能力が高いんだけれど、他の場所へ転移できるようにもなるわね！」

今は支配領域と日本における俺の部屋しか行き来できないけど、封印が解けると遠く離れた場所も転移できるようになるらしい。

また異世界と日本の行き来ができるようになるインターバル期間の短縮や、転移時におけるエゴポイント消費量の減少にも影響が出るとのことだった。

（資源ポイントとエゴポイント……どちらも大切だな……）

資源ポイントでレベル上げや支配領域の発展を進めつつ、エゴポイントでアミィちゃん本来の能力を取り戻していくニュアンスかな……。

なんにせよこれらは日本というより、異世界における活動での影響が大きい。この1ヶ月、活動の中心はずっと異世界だったし、向こうにはクレオノーラもいる。

はぁ……はやく異世界に戻りたいな……。

そんなわけで食費を削って呼吸をしていると、あっという間に5日経過する。この日は目を覚ますなり、アミィちゃんがテンション高めで叫んできた。

「異世界に帰れるようになったわ！」

「おお……！」

とうとう帰還できるようになった。どうやらインターバル期間は5日らしい。

この5日でやったことと言えば、店長との電話に森崎のメールチェック。そして異世界に持ち込む物の選定と購入、あとはスマホでゲームと電気ガス水道代の支払いなどである。

1ヶ月ぶりの日本なのに、5日でやったことと言えばあまりに内容が薄い。日本における俺の関わりの薄さを表しているようだった。

「あ、でも、これで追手にアミィちゃんの気配とか残せたのかな？」

「さぁ？　まぁ向こうも適当にやっているんじゃないかしら？」

相変わらずアミィちゃんの事情はまったくわからないな……。まぁアミィちゃんも俺に話したところで、どこまで理解できるかわからないんだろうけど。話を聞くぶんには、こうして日本に滞在すること自体に意味があるんだろうな。

あらためて異世界に持ち込む物をまとめはじめる。種や各種食器類、耳かきなんてものもある。また捨てられていた古雑誌や、まとめられた新聞紙の束も用意した。

「よぉし！　支配領域に戻るわよ！」

小さいものはポケットにつめるなりして準備を整えていく。古雑誌類は直接持たず、側に配置した。

「それじゃ……異世界にレッツ・ゴーヤ！」

「ゴーヤ……？」

異世界から日本に来た時と同様に視界が白く染まる。思わず目を閉じたが、側からアミィちゃんの声が聞こえてきた。

「はい帰還〜！」

ゆっくりと瞳を開くと、大幻霊石の間に到着していた。どうやら転移は無事に終わったらしい。

「って……ショウ、その恰好……」

「え……？」

アミィちゃんはこっちを見てなんとも言えない表情を浮かべていた。気になって全身チェックすると、その理由がすぐにわかる。

「え……えぇぇぇぇ!?　は……裸ぁ……!?」

そう、さっきまで着ていた服が消えていたのだ。当然、ポケットに突っ込んでいた物もなにもない。それに手に持っていた物も消えており、側に配置していた古雑誌や新聞紙の束も見当たらなかった。

「アミィちゃん……こ、これは……!?」

「うーん……こっちから日本に転移した時は、服も一緒に転移できていたのに……日本からこっちに転移すると、なにも持ち込むことができない……ということかしら……？」

アミィちゃんも初めての事態なのでよくわからないようだ。というかこれ、かなり大問題では。

「つまり日本から資源ポイントに変換できそうな物が持ち込めない……？」

「現状だとそう判断するしかないわね～。なにか条件とかあるのかしら……？」

なんてこった……！　これじゃ日本に行く意味がない……！　追手を警戒して定期的に日本に行く必要があるとはいえ、長くとどまるメリットがないに等しい。

「はぁ……安易に資源ポイント稼ぎはできないか……」

俺は操作ウィンドウを開くと、服や靴を作成する。そして目の前に現れたそれらを手にとって、さっさと着替えを終えた。

「5日ぶりだからね。はやくクレオノーラに会いたいよ」

そしてこの疲労したメンタルを癒してほしい。そう考え地上へと出る。するとすぐ側でクレオノーラが剣を振っていた。

「あ……」

目が合うと彼女は剣を置いてこちらに駆け寄ってくる。俺たちはすぐに再会の抱擁を行った。

「おかえり、ショーイチ……！」

「ただいま、クレオノーラ。よかった……元気そうだね」

クレオノーラの指先が俺の背中にわずかにしずむ。ああ……彼女の体温が愛おしい。

しばらく抱き合っていたが、もうすこしで日がしずむ。俺は夕食の準備を済ませると、食事をとりながらこの5日間はどうだったかと話をした。

「とくに問題はなかったわ。一度魔獣が近くを通りかかったけど、こっちにはこなかったし」

「そうか……よかった……」

クレオノーラは魔法少女の魔力を温存しようと、この5日は一度も変身しなかったそうだ。

そういえば彼女、まだ変身後自分がどういう姿をしているのか、しっかりと見ていないのではないだろうか。

ここには鏡なんてないし、水面に映った顔くらいしか見えないのでは。まぁ手足や胸がずいぶんと縮んでいることはわかっているだろうけど。

「ショーイチはどうだったの？　久しぶりに元の世界に帰れたんでしょ？」

「あー、うん、まぁ……。最低限の収穫はあったけど、劇的な戦果はあげられなかった……という感じかな……？」

追手の目を誤魔化すくらいしかできていない。その追手にしても、5日の滞在で本当に誤魔化せているのか、それを証明する手段もない。

それに残してきた課題も大きい。日本からの持ち込みの他に、収入源がなにもないという課題だ。いろいろ購入もしたし、1ヶ月後には貯金から5万円が消えているだろう。

日本での金策についてはなにも解決していないのだ。このぶんでは異世界からどれだけの物を日本に持っていけるかもあやしい。

「そういえば……この姿でもすこし魔力が向上したように思えるのよね……」

「そうなの？」

「ええ。普通は魔力の成長は、幼少期から10代中ごろまでが一番伸びるんだけど」

今さらだけど、この世界で言う魔力とかよくわかっていないんだよね……。アミィちゃんも同様なのか、確認するように口を開く。

「ねぇねぇ。この世界の人間って、全員魔力を持っているの？　成長速度も個人差があるのかしら？」

「全員は持っていないわね。でも素質は基本的に遺伝するから、どこの国も貴族はだいたい持っているかしら」

クレオノーラの話によると、高位貴族ほど強い魔力に目覚める傾向があるらしい。

こういう世界だし、特権階級には相応しい力と言えるのかもしれない。

「魔力は10代中ごろまでが一番伸びるの。以降はゆっくり成長するんだけど、だいたい30歳くらいからは落ちていく傾向があるわ」

「え……魔力って、年齢と共に衰えていくの……？」

「ええ。でも人によっては、高齢になっても20代並の魔力があるわ。衰えかたも個人差があるという感じかしら」

だからこそ高齢でも、それなり以上の魔力を持つ者は、より多くの子を望むらしい。次代はさらに優れた子が生まれる可能性があるからとか。

とくに魔術師の多いエンメルド王国では、優れた魔術師……導師なんかは、爺さんになっても何人も若い女性を囲っているという。これもエンメルド王国に魔術師が多い理由の1つらしい。

「ん……？　クレオノーラは魔力を持っているけど、魔術師の才がないんだよね？　魔力があるからといって、魔術師になれるというわけではないの……？」

日本に行く前に彼女が言っていたことだ。魔術師の才はなかったけど、宝剣ミゼリックの秘宝珠の能力を引き出すことはできたって。

そもそも魔術師がどういうものなのかもわからないんだけど。

「ええ、魔力を持っていることと、魔術師であることはまったく別のことなのよ。わたしは自分の魔力を用いて魔術を行使できないもの。せいぜい秘宝珠の能力を引き出したり、魔道具を扱えるというくらいね」

魔道具というのは、魔力を用いて使うことを前提とした道具を指す言葉らしい。身近なものだと街灯の明かりなどがあるとか。

「結局魔術ってなんなの？」

「精霊をその身に取り込んで、さまざまな神秘を可能とする秘術よ」

「せ……せいれい……？」

この世界には地水火風、四種のエーテルというのがあふれているらしい。火のエーテル濃度が濃い土地は暑いなど、気候にも影響をもたらしているそうだ。それらのエーテルが結合し、力を持ったものを〈精霊〉と呼んでいるとのことだった。

魔術師はその精霊を体内に取り込み、魔力を用いて精霊の持つ力を再構築し、常人には不可能な現象を呼び起こせるらしい。その中には火を出したり氷を生み出したりと、日本人がこれぞ魔術だと想像するものも多いそうだ。

「大昔はどうして魔術が扱えるのか、魔術師本人にもよくわかっていない時代があったの。でもエンメルド王国はいち早く魔術を〈神秘の現象〉から〈研究できる学問〉として取り組んだのよ」

大昔は魔術という奇跡を起こせる者を神の使いだと崇め、やがて王国を築いた例もあるのだとか。それくらい信仰を集める神秘の技だった。

だがエンメルド王国は魔術がどういうプロセスを経て扱われるものなのか、また扱える者とそうでない者のちがいはなんなのかと研究を深めていく。

その結果、魔術師は精霊を体内に取り込める体質を持っているとわかった。

「今でこそ常識なのだけれど、当時はエンメルド王国以外にそのことに気づいていなかったのよ。精霊という定義も存在していなかったし。そして王国は、幼少の時から才能のある者を見つけ、魔術師として教育していくことができるようになったの」

それもあり、他国に先んじて優秀な魔術師を幾人も抱え込むことに成功。そしてその力を用いて一気に勢力を拡大。列強として名を上げることになった。

しかしそれも昔のこと。今ではどの国もそれなりに魔術師を抱えているようだ。とはいえ魔術研究の歴史は王国が最も長い。他国ではなかなか再現できない大魔術もあるのだとか。

「ふーん。つまりクレオノーラは、身体に精霊を宿すことができないということ～？」

「ええ。魔力を持つ者はそこそこいるけど……魔術師の才を持つ者は、割合で言うと多いというわけではないわ」

とくにエンメルド王国では、歴史的な経緯もあって魔術師の地位が高い。玉座についた者たちのほとんどが魔術師であったとか。

「だからね……。魔法少女に変身して、空を飛んで呪術を発動できた時。ああ、わたし魔術を使っているんだって気持ちになれたの」

「魔法少女の振るう力は、魔術じゃなくて魔法だけどね！　たぶんクレオノーラが持っている魔力とはまた別の力よ～」

まぁ魔術師で空を飛べる者はいないって話だったし。そもそも精霊を取り込まずとも行使可能な力だもんね。

でも魔法少女の話が出たからか、今夜はエメちゃんの方を抱きたいという気がしてきた。もうすぐ日が沈むし……今夜は5日ぶりに燃える夜がすごせそうだ……！


そんなわけでエメちゃんと共に熱い夜をすごした翌朝。今日は彼女の方が先に目覚めており、目を開けると隣で寝ているクレオノーラとばっちり目が合った。

「ふふ……おはよう、ショーイチ」

「あ……あぁ。おはよう、クレオノーラ」

どうやら変身は解いたらしい。起きたら金髪美人のお姫様が裸になって隣で寝ているなんて、これはもう勝ち組と言っても過言ではないのではないだろうか。

「というか……もしかしてずっと俺が起きるのを待ってたの……？」

「待っていたというわけじゃないけど。ショーイチの寝顔を見ていたの」

「えぇ……退屈じゃない？」

「ぜんぜん。大好きなショーイチの寝顔だし、ずっと飽きずに見ていられるわ」

正面きってそう言われると、なんだかこっちが恥ずかしくなってくる。同時にやはりクレオノーラは〈愛奴〉なのだとも思った。そんな彼女の頭を撫でつつ、軽くキスをする。

本格的にねっとりとしたキスをすると、朝からクレオノーラを緩く発情させてしまうしね。女性とするキスには気をつけなければならないのだ。

2人で服を着替え、朝食を済ませる。食事もこの間までは肉と果実で満足できていたのに、物足りないと感じるようになっていた。そもそも味付けも限られているし。

女性に対する欲だってそうだ。クレオノーラから愛情を向けられるのはとてもうれしいけど、今ではもっと多くの女性から愛情と好意を向けられたいと思っている。異世界に来てから約1ヶ月で、ずいぶんと変わったものだ。

そんな物足りなさを感じながら、アミィちゃんと一緒に大幻霊石の間へと移動した。朝の日課を行うためである。

「ショウ、そろそろセックステクニックも向上させてほしいところなんだけど～」

「いきなりなにを!?」

「この間、童貞じゃなくなったショウにはハードルが高いだろうけど。前戯はキスの他はすこしおっぱいやおま○こを触るだけ、体位は正常位か後背位、寝バックばっか。騎乗位だって、あれ以来一度もしていないでしょ？」

朝からアミィちゃんに説教されている……!? しかもセックステクニックで……!?

「で……でもアミィちゃん的には、バックで突かれている女性がいいんだろ？」

「バックと一言で言ってもいろいろあるわよ！ 基本の後背位はもちろん、寝バックに立ちバックもあるし、中腰で行う後背位もあるわ！ 立ちバックにしても壁に立たせるか、机に腕をつかせるか、はたまた床に手をつかせるかもあるし！ あ、どこにも手をつかせないのもあるわね！ あとショウが椅子に座って、相手には両手両足を床につけさせて腰を振らせるとか！ それに立ちバック中に片足を持ち上げるだとか……とにかくバックにもいろいろあるのよ！」

アミィちゃんがかつてないほどバックの可能性について語っている……！ というか後背位って、そんなにバリエーションがあったのか……！

たしかに言われてみれば、映像や画像でも見たことがある。でもクレオノーラとの行為中は、とにかく後背位でイかせないと……という気になり、そこまで体位のバリエーションに考えが及んでいなかった。

たぶん俺が慣れないセックスに興奮しすぎていて、余裕がなかったというのもあると思う。

とにかくアミィちゃんからすれば、あまりにワンパターンすぎて面白みがなかったようだ。

「そんなエッチばかりじゃマンネリ化して、クレオノーラもショウとのセックスに飽きてしまうわよ？」

「そ……!?　それは困る……！」

「でしょ？　アイオンを練習に使うなりして、いろんな体位での腰振りを覚えたほうがいいわ」

たしかに経験のなさは否めない。クレオノーラ以外に実戦経験がないし、彼女相手に各種体位の腰振り練習は夜しかできない。というかクレオノーラとの夜は本番であり、練習の成果をぶつける時間だ。彼女相手に練習というのは、すこし話がちがうように思う。

日中に練習するとなると、やはりメイドさんの協力が必要だろう。なんとなく物言わぬメイドさん相手に腰を振っている自分を想像してみる。

……うん、とても惨めだ。でも腰振りには慣れが必要だと、実際にやってみるまでわからなかったんだよね……。

「まぁたしかに……クレオノーラに俺とのエッチを飽きられたくないし。今は寿命の心配もないしね。クレオノーラが魔獣を狩りに行っている時は、ちょっと練習しておこうかな……」

「それがいいわ！　それじゃ今日もがんばっていきましょー！」

両腕を上げて操作ウィンドウを展開する。画面を確認すると、資源ポイントが5日前よりもかなり増えていた。

「ポイントが増えてる……」

「この5日、アイオンたちが頑張っていたんでしょ。3人体制になったし、前よりも効率が上がっているのよ」

メイドさんが増えたぶん、維持コストは3倍になっている。でもそれ以上にポイント収入の方が多かったのだろう。

この5日間、大幻霊石の間まで素材を持ち込んでいてくれたとは……。あらためて彼女たちにも感謝をしたい。

「あ……。支配者《クエスター》レベルを上げられるようになってる……」

「やっとレベル3ね！　まぁ拠点にした場所を考えれば、1ヶ月でここまで上げられたのはいいんじゃないかしら！」

今ある資源ポイントの大部分を消費してしまうが、作成できる物の種類が増えることも考えると、やはり上げておいた方がいいんだろうな。

「でも領域を広げても、戦力がクレオノーラだけだし……。守りはだいじょうぶかな？」

「今はだいじょうぶでしょ。現段階で守るものなんて、大幻霊石の間へ続く階段くらいだし。家は潰されてもすぐ建て直せるでしょ？」

言われてみればそれもそうだ。どれだけ領域を広げても、結局守るべき場所はここだけである。

住んでいるのが俺たちだけだからこそ……だな。

「それじゃレベルを上げるよ」

ウィンドウを操作し、支配者《クエスター》レベルを3へ上げる。すると周辺地図が展開され、支配領域がどれくらい拡大したのかを確認することができた。

「おお……！　クレオノーラと出会った湖も領域に入った……！」

「まぁまぁ広がったわね！　でもここからレベルを上げるのに必要な資源ポイントがさらに増えるから。ポイント稼ぎの効率も考えていきましょ！」

「そうだね。とりあえずステータスを確認して……と」

新たに獲得したスキルがないか、確認のために自分のステータスを表記させる。すると変化が見られた。

■クラス名・支配者〈クエスター〉レベル3
■エゴスキル・〈後背絶頂〉〈好感昇突（後）〉〈口交催淫（軽）〉
■愛奴スキル・〈不身呪〉
■支配者スキル・〈水麗閃〉〈色変更〉〈宝物庫　1〉〈祝福の地〉

「これは……？　宝物庫に祝福の地……？　アミィちゃん、なんのスキルかわかる？」

「どれどれ～…………うん、なるほど！　すっごくアタリのスキルよ！」

〈色変更〉の時とは違い、アミィちゃんは興奮した様子でクルクル回る。目が回らないんだろうか。

「まず〈宝物庫　1〉ね！　これは別空間にある倉庫を指すの！」

「別空間にある倉庫……？」

「ええ！　干渉できるのは支配者《クエスター》であるショウのみよ。ショウ、親指と人差し指で環を作ってみて？」

　意味がわからなかったが、俺は言われた通りに左手の親指と人差し指で環を作る。このまま目にあてたら、小さい子がメガネ～と言って遊んでいそうだ。

「スキルを発動させてその環の中に物を入れると、宝物庫に収納されるわ！」

「え……？　この環が宝物庫への入口になっていること……？」

「その通りよ！　宝物庫に収納した物は、日本でも異世界でも取り出しが可能になっているわ！」

「…………！　それって……！」

「そう！　日本から異世界へ素材の持ち込みが可能ということよ……！」

　なんと……！　素材持ち込みがこのような方法でできるようになるなんて……！

「でも大きさはあくまでその環に入る物に限られるわね。あと異世界にせよ日本にせよ、テリトリー内でないと収納ができないわ」

「テリトリー内？　どういうこと？」

「そのままの意味よ。つまりこっちの世界だと支配領域内に持ち込まないと、宝物庫へ収納ができないの。日本だと……ショウの部屋になるかしら？」

またその他の注意点として、生き物は収納不可とのことだった。ただし取り出しはテリトリー外であっても可能なようだ。

「でも領域外で宝物庫から取り出す場合、そこそこの資源ポイントを消費するわ」

「支配者《クエスター》は領域内でのみ十全に力を発揮できる……ということかな……？」

要するにこの小さな輪に入る範囲の物であれば、世界の垣根を越えて共通の宝物庫に保管できるということだ。この宝物庫を活用することで、世界間で物のやり取りが可能になる。

一方で生き物は不可。そして収納場所は特定エリアに限られる。つまりどこかのお店に入って、目についたものを片っ端から収納していくことは不可能ということだ。

また領域外では取り出す際に資源ポイントを消費するため場所にも注意と……。

「よかった……これなら植物の種やスプーンとかも持ち込めそうだね」

「あと調味料も袋に移し替えれば持ち込めるわ！」

「…………！　たしかに！」

そうか……物によっては容器を移し替えたり折りたたむことで、宝物庫への収納が可能になるのか……。

というか、調味料系は容器の移し替えをせずに、ダイレクトに収納できないのだろうか……？

「いろいろ活用方法がありそうだね。それに〈宝物庫　1〉ということは……」

「たぶんレベルでしょうね。より大きな物を収納できるようになる可能性があるわ」

いろいろ試してみたい。たとえば水を大量に収納したらどうなるのかなど。

「それじゃもう一つの……〈祝福の地〉は？」

「これは支配領域内の指定区域に祝福を与えるというものね！　祝福を受けた地を耕して種をまくと、植物の成長速度が上昇するわ！」

「おお……すごい……！　それじゃ日本から持ち込んだ種を短期間で成長させられると……！」

「そういうこと！　でも少なくない資源ポイントを消費するから。はじめは狭い範囲で試したほうがいいかも～」

一度に2つもスキルを得られたばかりか、両方ともとても使い道がありそうなスキルだ……！

とりあえず日本から種を持ち込むことを考えて、どこかで畑を作るとしよう。

「ねぇねぇ！　エメラルドのステータスも確認しておきましょ！　なにか変化があるかも！」

そういえば魔法少女の力は、支配者《クエスター》レベルの上昇で変化するんだっけ。俺はウィンドウの画面を切り替えると、エメラルドのステータスを確認する。

■クラス　呪術師〈カースメイカー〉
■属性　呪
■武器　プリティ・ステッキ（呪）

■攻撃力　期待できる
■防御力　すこし心もとない
■機動性　わるくない
■魔力　すごいぞ

「…………………」

うん、なにが変わったかわからない。というか説明が相変わらず大味すぎる。

これも支配者《クエスター》レベルが上がることで、より細かく把握できるようになるんだっけか。レベル3だとまだまだざっくりとしか把握できないのだろう。

「うーん、これじゃなにもわからないわね……。まぁいいわ。本人が帰ってきたら確かめてみましょ！」

「そうだね。とりあえずアイオンさんたちには、新たに広がった領域から素材を集めてきてもらおうか」

「それはカリーナとスカラに任せましょ！　ショウはアイオンを相手に、各種体位で腰を振る練習よ！」

「え……えぇ……」

いや……領域が広がったばかりだし、俺も素材集めに行きたかったんだけど……。まぁうっかり魔獣に遭遇するのも怖いし。アミィちゃんの指示に従うか……。

それに俺自身、まだまだセックスが下手な自覚がある。後背位でもどういうバリエーションがあるのか、アイオンさんを使って把握しておくのは大事だ。それもこれもクレオノーラと、まだ見ぬ未来の魔法少女たちのため……！

そんなわけでこの日はエメラルドが帰ってくるまでの間、アイオンさん相手に腰を振り続けた。

ちなみにアミィちゃんの厳しい教育付きである。

「ほら、もっとスムーズに腰を振って！」

アイオンさんは立ったまま壁に両手をつけて、こちらにお尻を向けている。俺はそんな彼女のスカートをたくし上げ、両手で腰を掴んで腰を振っていた。

「はい、そのまま腰振り百回！　休まないの！」

「えぇ……」

なんだか運動系の部活動で、熱血指導を受けている気分になってくるよ……。

とはいえアイオンさんに穴はないので、本当にヤっているわけではないんだけど。言わばこれは素振りのようなものである。

(でも立ちバック……これ、たしかに興奮するな……！)

お互いに立ったままというのも新鮮なんだけど。ベッドの上で行う後背位とはまたちがう刺激がある。なんというか……こう、立ちながらお互いの腰の位置を調整するあたりとか。

アミィちゃん指導のもと、アイオンさんの腹部に両手を回して組んでみたり、胸を揉みなが

らのピストンも繰り返していく。

（あ……これ、いいかも……）

アイオンさんに後ろから抱き着きながら胸を揉み、そのまま腰を振り続ける。抱きつくことで身体の密着面積が増えるのがいい。興奮して自分でも息が荒くなってきているのがわかる。

それにもっと支配したいという欲が強まり、抱きしめている腕にもより力が入る。

「なかなかわるくないわよ！　はい、次！　今度はアイオンの右足を持ち上げて、股を開けさせてみて！」

アミィコーチの指示の下、俺は身体を起こすとアイオンさんの右足を掴んだ。そのまま持ち上げて片足立ちさせる。

「はい、ここで腰の動きは止めない！」

アイオンさんに穴はないけれど、本当にヤっている感があまりにも強い。俺は片足立ちで股を開けさせ、しっかりと腰を振っていく。

この体位……結構いやらしいよね……！　ちょっとクレオノーラに試してみたいよ……！

休むことなくアミィコーチから教えを受けつつ、空いている手でアイオンさんの胸を揉みにいくなどさまざまな体位の練習に励んだ。

というかこれ……傍から見ると、かなり情けない姿なのでは……？　すくなくともクレオノーラには見られたくないのはたしかだ。

「うんうん！　すこしはマシになったかしら！」

「そ、そう……？」

というか、なにと比べての話なんだろう……。あとアイオンさんと疑似的なエッチをしていると、ものすごく下半身が元気になってしまう。端的に言うとめちゃくちゃエッチしたい。

その後もアイオンさんの片足を持ち上げての腰振り百本ノックなどをずっと繰り返していたのだった。

■

（やっぱり……以前よりも魔力がずいぶんと上がっている……！）

ショーイチとアミィが仕事をしている間、わたしは周辺の警戒を行いつつも、魔法少女としての修練を積んでいた。

ショーイチがいれば日中にどれだけ魔力を消耗しても回復させることができるし、いざという時に魔力が回復していなくて変身できない……という事態を避けることが可能なのよね。

だからこそ5日ぶりにショーイチが帰ってきた今、わたしは魔法少女としての鍛錬を行わなければと考えていた。

場所は近くにある湖。ショーイチとはじめて出会った場所だ。たまに魔獣ガルダーンも出るので、危険な場所であることにはちがいない。

わたしはさっそく湖の真上で、飛行魔法の修練に励んでいた。

（初めて魔法少女になった時よりも速く飛べるようになってる……！）

人が空を飛ぶ方法は一つ。魔鳥スカイグーンに認められ、その背に乗せてもらうというものだ。最近ではエンメルド王国に1人、エグディア帝国に1人しかいない。

ところがショーイチにもらったこの力……魔法少女であれば、当然のように空を飛ぶことができる。異界から来たショーイチにはわからないでしょうけど、これはものすごいことだ。

エンメルド王国は魔術技法が他国よりも優れている。研究を積み重ねてきた歴史も長い。だというのに、未だに飛行魔術を完成させられたことがないのだから。

まぁアミィいわく、魔法と魔術はまったくちがうものみたいだけれど。

（でも飛行魔法だけじゃない……。当たり前のように展開できる障壁の性能も異常よね……）

魔法少女には飛行魔法の他にもう一つ、障壁を展開できるという魔法も使えた。それほど大きな障壁ではないものの、アミィが言うにはほとんどの攻撃に対応できる性能を持っているらしい。

また温度変化にも強く、そこそこの耐衝撃性能に加え、魔術に対しても高い防御性能を誇るのだとか。

たしかに自分で使っていても、そこはなんとなく理解できる。おそらく王国の導師といえどもそう簡単にはこの障壁を突破できないでしょう。

魔術師としての才の有無にかかわらず、これほどの力を授けることができるなんて。いえ、おそらくただの庶民だったとしても、この魔窟の森奥地で生活できるほどの力を得ることができきる。

「…………」

わたしがこの力を求めたのは、妹であるリリアレットを救い出したいからだ。そしてもし救出できたら、当然ここへ連れてくることになる。

わたしはできればリリアにもこの魔法少女の力を授けてほしいと思っている。この地で安全に暮らしていくには必須の力だし、それにきっとショーイチの力にもなれるだろうから。

（とはいえショーイチにも都合があるだろうし……。この話は実際にリリアを救い出せてからかしら）

おそらく今、リリアは姉であるヴィオルガが手元に置いている。わたしが魔窟の森で姿を消したと知れば、まちがいなく排除に動くでしょう。

（そもそもヴィオルガ派と第一王妃派は完全な敵対関係にあったし、ヴィオルガからすれば、第一王妃の娘であるリリアを国内に置いておく理由がないもの）

ヴィオルガ派の目的は、彼女を女王に即位させること。そのためには第一王妃の娘であるリリアは邪魔でしかない。

たとえリリアを救出できても、その身柄を巡って争いに巻き込まれる可能性もある。やっぱりショーイチには説明して、リリアにも魔法少女の力を授けてほしいところだわ。

水面ぎりぎりまで高度を落とし、速度を上げて飛び続ける。眼下には元の姿からは想像もできない薄緑髪の少女が映っていた。

（リリア……どうしているかしら……）

父には2人の妻と、3人の娘がいた。わたしとリリアが第一王妃の娘で、ヴィオルガは第二王妃の娘になる。

母は帝国に支配された隣国の貴族で、第二王妃は王国の貴族だ。母が嫁いできたころは帝国の支配下になっていなかったが、数年前に帝国に占領された。

滅びた国から嫁いできた女の娘。どうしてもわたしたちは奇異な目で見られることがあった。だから……というわけでもないけれど、リリアとは仲のいい姉妹として育った。幼少のころには、いつかこの国の王となる男性に2人でお嫁さんになろう、なんて言ってたこともあったっけ。

わたしには〈宝剣ミゼリック〉の秘宝珠を発動させられるという才が、リリアには精霊を体内に取り込める魔術師としての才があった。お互いにないものを補い合って、ずっとこの国で生きていくのだと思っていた。でも……。

（わたしはヴィオルガが裏で糸を引いているともわからず、騎士団をまとめて武装蜂起をしようとした。結果、決行する前に証拠付きで捕えられ、帝国に内通していたというありもしない罪で王族の地位からも追われた……）

今思うと、ヴィオルガははじめから騎士団を掌握していたのだろう。捕らえられたわたしにろくな弁明の機会も与えられなかったところから察するに、自分の派閥を活用してうまくことが運ぶように調整していたにちがいない。

一方でわたしなりに彼女に挑んで、これ以上ないくらいに敗れたのも事実。わたしの中ではすでに姉との決着はついているし、今さらジタバタあがこうとも思っていない。

でもリリアは別。ヴィオルガは高確率で、リリアを排する行動をとる。その身に危害が加えられる可能性も高い。

（リリアは……わたしが救い出す……！）

そのためにはせめてあともうすこし、高度を上げて飛べるようにならなくては。そうすればこの魔窟の森を簡単に飛び越えて王都まで行くことができる。そしてその日は近いという予感もある。

「あ……」

湖の対岸に蛇型の魔獣を発見した。ちょうどいいわ。実戦訓練の相手を務めてもらいましょう……！

湖の上で高度を上げ、魔獣にステッキを向ける。そして新たに身に付けた力である〈呪術〉を発動させた。

この魔法はとてもおそろしい。今のわたしでは対象は1体のみだけれど、それでもこうして相手の攻撃が届かない場所から一方的に攻撃できるのだから。

呪術を受けた対象は時間をかけて体力をすり減らし、そして強い脱力感に襲われる。魔法少女としての力が強まれば他の呪術も扱えるようになるみたいだけれど。

（でもこれだけでもかなり有効なのよね……！）

なにもしていないのに時間の経過とともに勝手に体力が落ちていくだなんて、呪術を受けた側からすればおそろしいにもほどがある。

しばらくして魔獣も目に見えて動きが緩慢なものになっていた。

獅子頭の魔獣ガルダーンならもうすこし時間がかかるのだけれど、やっぱり対象がもともと持っている体力にもよるのでしょうね。

腰に挿した〈宝剣ミゼリック〉を鞘から抜くと、一気に急降下をしつつ魔獣を目指す。そして魔獣の真横を通りすぎながら胴体を寸断した。

「よし……！」

この戦い方にもかなり慣れてきた。〈宝剣ミゼリック〉の秘宝珠、その能力は持ち主の高速移動。能力自体は魔法少女の時でも使うことができる。

呪術と高速移動、そしてそれに浮遊魔法を組み合わせた戦闘スタイルには、王国の魔術師や騎士といえども簡単には対処できないでしょうね。

……そもそもそんな敵を想定した訓練なんて行っていないでしょうし。

「いい素材が手に入ったわね。ショーイチに教えて、メイドを使って素材回収をしてもらいましょう」

そうしてわたしはショーイチのもとへと帰る。

「エメちゃん……！」

「きゃ……!?」

なぜかショーイチは鼻息が荒くなっており、わたしはすぐに抱かれたのだった。

■

「楽しかったねー！」

「まぁ。市営の割にはわるくない規模、値段も考えるとコスパ面でも優れていたのではないかと」

「なぁにむずかしいこと言ってんの、コーシー！　素直に楽しかったと言え〜！」

「きゃっ⁉　ちょっとかなでさん……！　いきなり抱き着かないで……！」

わたし、綺羅海・A・アルメルダは本日、友人である古志木清女と銀屋かなで、2人と一緒に市営プールに遊びに来ていました！

ここの市営プールはわりと評判がよく、休日はよく賑わっています。

広大な敷地内には体育館もあるし、値段も安い。学生からすると、大変ありがたい限りなのですよ！

わたしはずっと水泳部ですから、こうして仲良し幼馴染3人組で泳いで過ごすというのは、休日の使い方としては花丸満点！　本当は海にでも行って……ちょっとかっこいいお兄さんに声をかけられたりもしてみたいけど……。

そんなわたしの心の声が聞こえていたわけでもないだろうけど、ギンちゃんはからかうようにこっちを見てきました。

「んでもさぁ～。市営プール、年齢層がちょっと低いか高いかだよね～。ほとんど家族連れだし～！　メルルンは海に行って、やんちゃ系のイケメンから声かけられたいんじゃないの～？」

「え……!?　ちょ、ギンちゃん!?　なな、なに言ってるのよ!?」

心の中を見透かされたみたいで、思わず上ずった声が出てしまった……！

そんなわたしにキヨちゃんがジトっとした視線を向けてくる。

「メルさん、あなた……。そんな不純な動機で、水着で海に行きたいと思っていたの……？」

「ちちち、ちがうよ!?　そそ、そういうの、よくわかんないし……！」

か、顔が熱くなってきた……！　そりゃわたしだってお年頃だし！　彼氏が欲しいとも思っているけれど！

でもわたし、自分の見た目にあんまり自信がないんだよね……。2人に比べて胸の起伏が乏しいし、背もすごく低くて、ギンちゃんからはよくお子様だってからかわれているし。

でも！　まだ成長期だし……！　わたしの身体、これからだよね！　期待してるんだから！

そこんとこ頼むよ！

「でも実際、市営プールでも何人かの男がわたしたちに注目してたよね～！」

「え……!?　そそ、そうなの!?」

「あんれー。メルルン、気づいてなかった？　たぶんヤリチンチャラ男の多い海なんかに行くと、わたしたち3人なんて全員の視線が集まるんじゃない？」

「や……ヤリチ……⁉」

そんなに見られていたの、全然気づいていなかったんですけど……！

というかギンちゃん、なに言ってるの⁉ やや、ヤリチンだなんて……！

「まぁ視線のほとんどはコーシーが集めていたけどね〜。Dカップナイスバディはちがうわ〜」

「かなでさんもあまりわたしと変わらないでしょう」

あれ……？ 視線に気づかなかったのって、単純にわたしのお子様ボディに注目が集まっていなかっただけ……？

不特定多数の男性に見られたいというわけじゃないけど！ けど！ でもちょっと待ってといいたくなる……！

「それに……お兄さま以外のオスの視線なんて、どれだけ集めても興味がないわ」

「でたでた〜。相変わらず兄に歪んだ愛情を持ってんね〜」

「あはは……キヨちゃんは本当にお兄さん大好きだよねー……」

そうなんですよ。キヨちゃんにはお兄さんがいるのですが、かなりその……なんといいますか。深い愛情をお持ちになられているんですよね……！

「あら……かなでさん。わたしのお兄さまに向ける愛情は歪んでなどいないわ。血もつながっていないのだし、好意を向けることに疑問も葛藤も悔恨もない。これは正しい感情なのだから、隠す必要性も感じないわ」

「コーシー……見た目はガチガチにお堅い清楚系委員長なのに、中身はこれだもんなぁ……」

「たしかに……キヨちゃんのお兄さん好きを知ったら、男子たちの何人かは倒れてしまうんじゃないかな……」

キヨちゃんは黒髪ロングストレート、前髪ぱっつんでとても清潔感があるんですよ。顔つきも美人さんなのにあまり表情は変わらないし、メガネは知的だしで、男子たちからもとても人気があります。たぶんお胸の大きさも人気の秘訣だろうけど……！

そしてギンちゃんも何気に人気者なんですよね……。性格は明るくて男女分け隔てなく接するタイプだし、ショートカットの髪型は本人の性格も合わせて、とても活発な印象を与えます。

というかギンちゃんも顔つきが整っているから、ショートカットにするとその良さがよりはっきり出るんですよね……！　高身長なグッドボディだし！

そう、わたしの幼馴染たちは2人そろって体型もいいし、とてもモテるのですよ……！　ふはは……世界よ、うらやましかろう……！

「はぁ……」

「ん？」

「どうしました、メルさん。あなたコロコロ表情が変わるけど、いきなりため息を吐くなんて気になるじゃない」

「いやぁ〜……わたしってほら。2人に比べると、そこまでメリハリの利いた身体じゃないし。

男子たちにモテるというわけでもないし。ハーフなのにこの体型格差はどうなんだと、世界に訴えかけたいところなのですよ……！」

わたしはハーフで、見た目は完全に外国人さんです。髪は金髪、目も青いし。でも日本語しか話せないので、よく観光客さんに英語で話しかけられて困っているのですよ……！

外国人さんの血が入っているわたしはナイスバディに成長すること間違いなし！　勝った！

……なんて思っていた時期がわたしにもありました。いえ……！　まだ期待していますけど！　己の肉体、その可能性に……！　限界の先を越えるのです……！

「おいおいメルルン。本気で言ってんの〜？　ちょっと聞きまして、古志木さん」

「ええ。しかと聞いたわ、かなでさん。これだから自分の魅力に無自覚なお子様は……」

「え？　え？」

「いいかしら、メルさん。間違ってもわたしのお兄さまの視界に入らないでくださいね？」

「ええええええ!?　どど、どういうこと……!?」

キヨちゃんからすっごく怖いことを言われたんですけど!?

なんておしゃべりをしながら歩くことしばらく。ギンちゃんがベンチに指をさして、あっと声をあげます。

「あれあれ！　ネコが寝そべってる！」

「あら……本当ね。でも元気がないみたい」

３人でベンチまで移動します。ネコちゃんはわたしたちがすぐ側まで来たのに、逃げること

なくデロンと溶けていました。いや、実際にドロドロ溶けているわけじゃないんですけどね⁉

「なんだこのネコ……もしかして弱ってんのかな～……？」

「そのようですね。首輪もついていませんし、野良なのでしょう」

「お腹空いているのかな……？」

そういうとわたしはバッグに手を入れ、切り札を取り出しました。それを見て2人はどこか引いた視線を向けてきます。

「お……おい……メルルン。それ……」

「あなた……まさかこの子を殺る気……⁉」

「え⁉」

2人の発言に違和感を覚え、いま取り出したものに視線を向けます。するとそこにはチューブわさびが握られていました。

…………え⁉　わわ、ワサビ⁉

「ち……ちが……⁉　まちがえたの！」

「いや……メルルン。いつもマイわさび持ち歩いているし、すぐなんにでもワサビを塗りたがるから……」

「ポテチも一枚一枚丁寧にワサビを足していますからね。でも早まるのはおよしなさい。メルさんにとってガソリンでも、ネコにとっては劇物そのものよ」

「だからちがうって⁉　まちがえたの！　こっちこっち！　あとガソリンじゃないよ⁉」

気を取り直して今度は間違えないように、慎重にそれを取り出しました。

「それは……」

「そう！　どんなネコちゃんでもまっしぐら！　NNちゅうるぅ！」

正式名称ネコネコちゅうるぅ。これはすごいのですよ……！　ペースト状になったネコちゃん用のお菓子が、小さな細長い袋に入ったものなのです。

先端部を切ってちゅるぅと中身を出すと、あら不思議！　どんなに眠りかけのネコちゃんでも両目をかっぴらき、ペロペロペロペロ～となめなめしちゃう、依存性の高い悪魔的な合法神菓子なのですよ……！

「なんでそんなのバッグに入ってるんだ……？」

「家のネコちゃん用なんだけど、買い忘れた時に備えて、あらゆる場所に常に予備を準備しているの。このバッグもその一つなんです！」

「……久しぶりにメルさんに引きました」

「なんで⁉」

依存性が高いから、買い忘れたらものすごくミャーミャー鳴くんですよ……！　こうして常にストックを用意するわたし、愛猫家の鑑！

そんなわけで、わたしはこのNNちゅうるぅの封を開けます。そしてすこし中身を出して、ぐったりしたネコさんの口元へと持っていきました。

ネコさんはしばらく両目を閉じていましたが、やがて鼻がスンスンと動きだします。そしてビクっとしながら首を起こすと、両目をかっぴらきました。

「わ……！」

そのままペロペロペロペロ～！　と、なめなめしてきます。わたしはネコちゃんのペースに合わせてちゅうるぅを丁寧に出していきました。

「おお……すごいな」

「CM通りですね。そんなにおいしいのでしょうか」

「んーと、味はけっこう薄いよ？　食べられるけど、おいしい……というわけでもないかも？」

「え……？」

「め……メル、さん……？」

あれ……？　なぜか2人がこれまで見たことないくらいに引いていらっしゃる。なんでぇ？

2人の視線がとても痛々しいものに変わった謎が解けないまま、ネコちゃんはちゅうるぅをすべて平らげました。名残惜しそうに開封した箇所をペロペロされておられます。

「ごめんね、ネコさん。もうなくなっちゃったの」

『そうか。まことに残念ではあるが致し方なし。心優しき娘よ、世話になった。そなたは我の恩人だ』

「いえいえ、どういたしまして～。…………？」

あれ……？　今すっごく渋い男性の声が聞こえたんですけど……？　ギンちゃんお得意のお

じさま声真似かな？

「ギンちゃん、変な声出した？」

「出してないって！　え、というか今の声、だれ⁉　どこから聞こえた⁉」

「お二人にも聞こえていたということは……わたしの空耳ではないということですね」

自然とわたしたち3人の視線がネコちゃんに向きます。ネコちゃんはベンチの上で礼儀正しく座り直しました。

『うむ。今の声は我のものだ。どうやら言葉はちゃんと通じておるようだな。あらためて……我が名はダムダムキー。世界を崩壊に導く災厄の淫溺妃《いんできひ》、オルゴアミーを追ってこの地へ来た者である』

え……あ、あれ……？　い……意思の疎通……で、できちゃってる……？

『見ず知らずの我に慈悲を与えた、清き心を持つ娘たちよ。そなたたちであれば、我が力を正しく使えるであろう。どうか我と共に使命を……災厄の淫溺妃を打倒するのに協力してはくれまいか。そしてできれば先ほどの食事をもう一度施してほしい』

その日、わたしたちは不思議な世界へと迷い込んでしまったのでした。

第四話　王都へ向かう魔法少女

　俺が日本から帰ってきて3日が経った。その間、エメちゃんは2匹の魔獣を狩り、レベルアップで消費した資源ポイントもそれなりに回復した。

「やっぱり間違いないわ。以前よりも高く飛べるようになっているし……魔力最大値も上昇していると思う」

　クレオノーラもこの3日で実戦を交えたこともあり、自分の魔法少女としての力がわずかながら向上した自覚が掴めたみたいだ。アミィちゃんも予想通りだったのか満足げにうなずいていた。

「うんうん。まだ追手と戦うにははやいけど、魔法少女としての力が順調に成長しているみたいでなによりだわ！」

「アミィを追ってきている者は、それほどの手練れなのね……。魔法少女の力も導師を上回るものだというのに……」

「まぁね～。面倒な奴らなのよ。あとショウとはぜったいに性格も考えも合わないわ」

「そんなに強い確信があるのか……」

　まぁ俺の性格を高く評価しているアミィちゃんがそう言うんだ、たぶん本当なんだろう。

　でも今のエメラルドでも敵わないとは……。やはり魔法少女の数を早急にそろえる必要がある。というか増やしたい。

「今のエメラルドなら、王城に突撃をかけて妹さんを連れ出せるかもね！」

「…………！　アミィ、それ本当⁉」

「短期間で魔力最大値もけっこう増えたし！　これもショウと毎晩熱い時間を過ごした成果ね！」

ああ……たしかクレオノーラの中に出すことで、微量ながら魔力の最大値を上げることができるんだったか。あの日以来、俺たちはほぼ毎日交わっているからね……。

いやだって、ここにはスマホやゲーム機もないし、夕食を食べたら寝るまでやることがないんだって……！

そして愛する男女が狭い部屋で一緒にいたら、そりゃヤることは1つになる。こうした環境も短期間でエメちゃんの魔力が上昇した要因だろう。

「でも決して余裕があるわけじゃないからね～。飛行魔法を使い続けて、ここから王都までを往復するわけだし、途中で戦闘とかしたら、どこかで魔力切れを起こすリスクもあるかも」

「それならもうすこし魔力が上がるまで待ったほうがいいんじゃない……？」

その方が魔力に余裕を持たせられるし、より確実だろう。そう考えたが、クレオノーラは首を横に振った。

「いえ……実はわたしも、タイミング的にそろそろ限界ラインだろうと考えていたのよ。もう1ヶ月以上、わたしは行方不明扱いになっている。このことは姉の耳にも入っているはず。そうなると……」

「いつ妹さんの排除に動くかわからない……か」

クレオノーラはもともと妹さんを救い出す力が欲しくて、魔法少女になる決心をしたんだし、助けにいくのは当然だ。

「わかったよ、クレオノーラ。でも……やっぱり魔力切れのリスクは心配だな……。なんたってお姫様を連れ出すんだし、途中で戦闘になるリスクは高いだろ？」

でも戦闘で魔力を使うと、ここまで無事に帰ってこられるかわからない。そんな心配が伝わったのか、クレオノーラはだいじょうぶだとうなずいて見せた。

「いきなり王都まで往復しようとは考えていないわ」

「え……？」

「まず王都まで飛んで、そこで一度変身を解除するの。そして再度、魔力が溜まったタイミングで変身して、妹を連れ出せば……」

「なるほど……。帰りのぶんの魔力に余裕を持たせて、妹さんを救出できるというわけだね！」

1日で行う計画を数日にすることで可能になる手だ。王都で変身すれば魔力にはかなりの余裕がある。

「じゃ俺はエメちゃんに抱きかかえてもらって……」

「ショウはお留守番に決まってるでしょ！」

「えぇ!?」

「えぇ……って。ショウが行っても足手まといよ。かえってエメラルドの足を引っ張るだけ。それに支配者《クエスター》が大幻霊石を放置するわけにもいかないでしょ！」

いや……そりゃそうだけどさ……！

「ふふ……心配してくれてありがとう。でも大丈夫よ。土地勘もあるし、城の構造も把握しているもの。なにより魔法少女の力があれば、たとえ導師相手でも、飛行魔法と秘宝珠の組み合わせで高速移動すれば、簡単に斬り伏せられると思う」

クレオノーラは呪術だけではなく、自分の持つ剣とのコンボ技も習得していたようだ。いつの間に……。とは言えやはり1人で行かせることが不安なのには変わりない。

一方で妹さんを救出するということに関しては、クレオノーラの芯になっている部分でもある。安易に口出すことができない領域だ。

「……………わかった。クレオノーラ、信じて待っている。必ず無事で帰ってきてくれ……！」

「ええ！」

「なによりこれで魔法少女候補が増えるのもうれしいわ！　クレオノーラの妹には期待しているんだから！」

そういえば妹さんも魔法少女にしたいっていう話は、これまで一度もクレオノーラにしたことがなかった。クレオノーラは確認するように俺に視線を向ける。

「ショーイチは……わたしの妹も魔法少女にしたいの？」

「え!?　あ、あぁ……そうなんだよ。その……クレオノーラがよければだけど……」

ちょっとヒヨって、クレオノーラに選択権があるように話してしまった……！〈愛奴〉状態とはいえ、妹さんに関してはどこまで踏み込んでいいのか、やはり不安なのだ。

なにせ魔法少女になるということは、俺に抱かれるということである。好感度の低い妹さんはまずイヤがるだろう。

しかしクレオノーラは気にした素振りを見せず、むしろ納得顔でうなずいた。

「これほどの力だし、わたしとしては妹にも与えてほしいと思っていたから、ショーイチがその気でよかったと思うわ」

「え……そうなの……？」

「ええ！　何度も言っているけど、これほど手軽に最高クラスの力が手に入ることなんてまずないわ。それにこの森で暮らす以上、身を守る手段は必要でしょう？　妹にはショーイチに仕えるように、しっかりとわたしからも言い聞かせるから安心して」

どうやら魔法少女になること自体は全肯定のようだ。

そうしてクレオノーラは拠点を発った。早ければ明日には帰ってくるが、魔力の回復速度や王都の様子次第では、もうすこし帰るのが遅くなるかも……ということだ。

「はぁ……不安だ……」

「信じて待つのも男の甲斐性よ！」

「う……わ、わかったよ……」

「それより、新たに住人が増えるんだし！　居住区をいろいろ改造しましょうよ！　支配者《クエスター》レベルも上がって、新たに作れるものも増えたんでしょ！」

そうだな……。よし、クレオノーラとその妹のため、住みやすいように環境を整えるか……！

そう決意し、大幻霊石の間へと移動して操作ウィンドウを展開する。そしてあらためて支配領域の地図を広げてみた。

「うーん……どう触ろうかな……」

現在、とくに手を加えているのは領域中心部になる。そこで家を中心にして、取り囲むように二重で堀を掘っている。

その堀の底には木の杭を打ち付けてあり、また柵は何重にもわたって設置してある。柵にも杭を打ち付けているので、ある程度魔獣の侵入を避けることができているというわけだ。

この防衛体制が整ってからというもの、魔獣が襲いかかってくることはなくなった。奴らもあえて怪しげな巣を突こうとはしないのだろう。そもそも魔獣の数自体がそれほど多いというわけでもないんだろうけど。

「つまり柵と堀を活用した守備がしっかりできていれば、そうそう中心部に魔獣がやってくることはないわけだ」

新たに拡大した支配領域にはなにも設置していない。まだその土地を開発するほど、資源ポイントに余裕があるわけでもないし、中心地の開発が先だろう。

「とりあえず家は一度資源ポイントに変換して、更地に戻すか……」

ウィンドウを操作し、家と家具類すべてを資源ポイントに変換する。それらを設置した際に消費した資源ポイントの20％が戻ってきた。

べつの画面を呼び起こして家を選ぶ。そしてどんな家にするのかを細かく調整していく。

「大きさは……こんなもんかな。木製のログハウス風にして……よし、二階建てにしよう！」

基本構造は吹き抜けの二階建てだ。一階はリビングと寝室にする。これは前と一緒だな。

そして二階とそこへ続く階段を設置する。二階は部屋などなにもなく、ただ床があるだけだ。吹き抜けなので、一階から二階にいる人へ気軽に声をかけることもできる。

一階の寝室には大き目のベッドを、そして二階には小さいベッドを1つ置いた。一階で愛し合っている時、もう一人は二階で過ごしてもらうというわけだ。

扉もなにもないし、たぶん声とか駄々洩れだろうな……。ま、まぁ、それならそれで……。

「あ……そうだ、鏡も作成できるようになったんだった」

これも一階と二階に設置する。とくに寝室にはベッドのすぐ側に大きめのものを設置した。

俺の持つスキルの都合上、どうしても後背位でエッチする機会が多くなる。べつに俺も好きな体位だからいいんだけど、やはり顔が見えないのは惜しいと思っていた。

でもこれで後背位でエッチしていても、相手の顔を鏡越しに見ることができる……！　はやく後ろから突かれている時のクレオノーラの顔が見たい……！

「あとは大きめのテーブルに椅子を3つ作成して……と。よし！　こんな感じかな！」

家のデザインを終えたところで、指で操作して設置個所を決定する。これで地上に出れば、新たな家ができていることだろう。

「あとは……トイレ制作も……」

これまでずっと外で済ませてきたからな……！　これからも人が増えることを考えると、この問題はなるべくはやく片付けておきたい。衛生環境にも関わってくるし。

まずは小さな小屋をウィンドウに出す。そして家同様、細かな調整を加えていく。

「ええと……扉を付けて、真ん中部分は……穴にして……と」

用を足す時はその穴にするという方式だ。まずはこの小屋を地上に設置する。場所は家からすこし離れたところにした。

「で、続けて地中の改造っと……」

これまでは堀を掘るくらいしか地中には干渉できなかったが、支配者《クエスター》レベルが上がったことでより細かに調整がかけられるようになっていた。

その機能を活用し、まずトイレ小屋の中心部にある穴の先に、さらに深い穴を作っていく。

このまま使用すれば、昔ながらのぼっとん便所になるだろう。

だがこの異世界にバキュームカーは存在していない。これで使用し続ければ、匂いがものすごいことになるだろうし、衛生面で見てもたいへんよろしくない。

そこで領域が広がったことで新たな支配地域となった湖に注目した。

「湖から傾斜をつけて、穴の底まで繋げて……と」

指で画面の拡大などを行いながら、テキパキと地中を通るトンネルを作成していく。そのトンネルは湖からトイレの底まで繋がると、傾斜をつけたまま再び湖の方へと向かっていった。

「よし！　これでどうだ……!?」

俺の想像通りだとこれでトイレの底には常に水が流れ込んできているはずだ。用を足しても、湖から流れてきた水がそのまま流してくれるはず……そう考え、地上に出てトイレへ向かう。そして穴の底を覗き込んでみた。

「……暗くて見えない」

基本的なことを忘れていたので、再度大幻霊石の間へ戻り、穴の底に照明を設置して確認する。するとたしかに底に水が張っているのは確認できた……が。

「な……流れていない……」

予想とは大きく異なっていた。水流は発生しておらず、ただ静かな水面が見えるのみである。

「なにしてるのー？」

ここでメイドさんたちにあれこれ指示を出していたアミィちゃんが飛んでくる。俺は彼女に事情を説明した。

「……というわけでさ。俺の考えでは、湖から流れ込んできた水が、この穴の底を経由して再び湖に戻るはずだったんだよ」

「……ハァ。ショウ、あなた一応勉強はできていたんでしょ？　そんなこともわからないの……？」

「え……？」

すんごい哀れみの視線を向けられている……！　でも世間で見れば俺は高卒で、すでにいい歳ながら定職に就いた経験が一度もない男だ。頭がいい部類には入れていないだろう。

「そりゃ傾斜をつけたら水は流れ込んでくるだろうけどさ～。それをまた湖に戻したら、水流が発生するわけないじゃん。むしろ雨とか湖の水量次第で、トイレの底から水があふれてくるんじゃない？　水位、だいじょうぶ？　今も上がってきてない？」

「………………！」

なんてことだ……！　言われて気づいた……！　水流を発生させたければ、一方通行でなければ意味がないんだ……！

「うう……トイレ一つ作るのがこんなに難しいだなんて……」

「トイレの知識ベースが日本だもんねぇ。絶対に水を使用するものだと思っているでしょ？　この世界の貴族がどういうトイレを使用しているのか、クレオノーラに確認してみたら？　もしかしたら魔術的ななにかで解決しているかもしれないでしょ？」

それもそうだ。そもそもこの世界には魔力があるおかげで、文明が日本とはまったく異なる発達の仕方をしている。

俺はどうしても水で流すという考え以外に思い当たらなかったが、クレオノーラたちはトイレに違う印象を持っている可能性もある。

「とはいえなぁ……今作れるトイレを考えたいし……。うーん……いっそものすごく深い場所に広い地下空間を作って、そこに水をため込むか……？　でも暑くなると匂いとかも気になりそうだし……」

「というかさぁ。普通にトイレって作れるようになってなかった？」

「……………え？」

「支配者《クエスター》レベルが上がった時に、作成可能一覧にトイレの文字があった気がするんだけど」

アミィちゃんの言葉の真相を探るべく、我々は大幻霊石の間へと戻る。そして操作ウィンドウを展開し、作成可能一覧をチェックした。

新たに作成できる物の種類が増えすぎて、細かくは見ていなかった……。

画面をスクロールしていくと、アミィちゃんの言っていた通りたしかに〈トイレ〉があった。

「え……えええぇ!?　トイレ、あるの……!?」

「さっそくどんな感じのものか見てみましょ！」

ウィンドウにトイレを映し出す。それは想像するトイレとはちがい、ただの溝だった。だが画面の端に説明書きが確認できる。

「ええと……この溝に入った排泄物は、資源ポイントに変換される……だって……!?」

「へぇ！　これは便利ね！　前の支配者《クエスター》では出てこなかったタイプのトイレだわ！」

どうやら排泄物限定で、大幻霊石の間から離れていてもその場で資源ポイントに変換できるらしい。というか排泄物……資源ポイントに変換できるのか……。

「つまり溝に入った時点で、排泄物は消失すると……。すごいね。衛生問題も一発解決じゃないか……」

そして俺の苦労はいったい……。泣きたくなりながらも、一度地中に掘ったトンネルやトイレ用に作成した小屋を元に戻す。そして再度トイレ用の小屋を作成する。小屋の中心部に短めの溝を配置し、家からやや離れた場所に設置した。念のため地上に出て、小屋の中を確認してみる。

「うん、いい感じだな」

狭い小屋の中心部には溝がある。俺はさっそくそこに用を足してみた。するとたしかに、溝に入った排泄物が綺麗に消えた。

「すごい……トイレ革命だ……」

これで資源ポイントまで稼げるのだから、言うことなしだろう。確認してみると、わずかながら資源ポイントが増えていた。

さらに、大幻霊石の間で設置した建物の中をいつでも確認できるんだった。支配者たる俺はトイレ覗き放題……⁉

「でもこのトイレ溝、革新的かつ衛生的なのはいいんだけど……設置にはかなり資源ポイントを消費するな……」

「そりゃ排泄物限定とはいえ、直接資源ポイントに変換できる設備なんだもん。かなり高レベルよ、これ」

溝の長さも調節できたのだが、とてもではないがそれほど長いものは作成できなかった。

「とにかくこれで家とトイレは設置できた。あとはお風呂があればいいんだけど……」

につきすぎてびっくりしたくらいだ。

(障害物なしで、一直線に向かえばこれほど短時間で来られるものなのね……)

普通に魔窟の森から王都を目指せば数日かかる。なにせ山を越えたり、さまざまな道具を持って移動する必要があるからだ。当たり前だけれど、手ぶらで長距離移動はできない。

それに道もまっすぐにつながっているわけではないし。そうしたあれこれを無視して移動できる飛行魔法は、あらためてすごいものだと思える。

(そこそこ魔力を消耗したわね……。今日はこのまま変身を解いて魔力の自然回復を行って、次に変身したタイミングでリリアを救出しにいきましょう)

人通りのない路地裏に入って変身を解除する。この日は宿を取って一泊した。お金は初めてショーイチに出会った時に持っていたものだ。決して多いわけではなかったけれど、なんとか泊まれてよかった。それに庶民の宿に泊まったのも初めてだし、いい経験にもなったと思う。

そうして翌日。夕方まで適当に時間をつぶしていると、魔力が完全回復した。

本当はこの時間を使ってお城の情報を集めたかったのだけれど……こっちの姿であまり目立つ動きをするわけにもいかないし、結局ジッと待つことしかできなかった。

でも1日で魔力が回復したのはよかった。わたしは路地裏に入ると、魔法少女エメラルドに変身する。そうして空が暗くなったところで、いよいよ空を飛んでお城を目指した。

(思っていた通り……！　空からなら容易に潜入できそうね！)

お城には門番もいるし、見張りの兵士も多い。でもみんな空には警戒していないのだ。

厳重な守りをものともせず、こんなに簡単に潜入できるだなんて……！　ショーイチが授けてくれたこの力は頼りになるわ！

そう思い、自信満々に中庭へと降り立つ。ここから城内に入って、なんとか北側5階を目指しましょう……と、思考をまとめたその時だった。

「へ……？」

「女の子……？　空から……？」

「…………！」

わたしが降り立った場所のすぐ近くには屋根付きの長い廊下がある。空からは死角になって見えていなかったのだけれど、その廊下に2人の兵士が立っていた。

（なんでよ⁉　この区画はたまに城勤めの者が通るくらいで、兵士なんて巡回していないでしょ⁉）

ましてやこんな夜に……！　でも見つかったからには黙っているわけにはいかない。わたしは鞘に入ったままの〈宝剣ミゼリック〉を持つと、飛行魔法を用いて兵士たちに一気に距離を詰める。

「あがっ⁉」

そのまま胴を殴りつけた。もっと穏便に済ます方法もあったかもしれないけど……！　潜入していきなり見つかってしまったことで、わたしも気が動転していたのかもしれない。

殴った兵士は鎧をへこませながら地面に倒れた。飛行魔法もかなりの速度が出ていたので、予想以上の威力になったみたいね。

続けてもう一人の兵士も同様に、勢いをつけて鞘で殴りつける。水面ギリギリで飛ぶという、低空飛行の練習もしておいてよかった……！

でも鎧がへこむほどの力で殴ると、当然だけれど周囲には大きな音も響く。

「なんだ、今の音は⁉」

「中庭か⁉」

「く……！」

もう……！　いきなり見つかって騒ぎになってしまうだなんて……！　でも！　今日ここで、なんとしてもリリアを救出してみせるわ……！

動揺したのも一瞬のこと。今のわたしであれば、たとえ有能な騎士や導師が相手でもリリアを救い出せる力がある。

とはいえわたしの狙いがリリアだと知られたら、なにか対策を取られる可能性もある。負けない相手だからといって、時間はかけていられない……！

意識を切りかえ、わたしは騒ぎが広まりつつある城内へと入り込んでいく。

(ここからリリアのいる北側5階へ向かうルートは……！)

あちこちから騒ぎ声が聞こえる。わたしはとにかく速さを優先し、低空飛行で飛びながら階段へと向かう。

北側5階は、第一王妃とわたしたち2人の王女、それに側仕えたちの部屋が並んでいる。4

階は第二王妃たちの部屋だ。

そしてある意味で4階と5階は、逃げられない部屋となっていた。窓に格子がはめられているのだ。

なんでも大昔、窓から飛び降りを敢行した王女がいたらしい。またエンメルド王国が大国だった時代には、他国の姫君たちを多く住まわせていた。中には逃げ出そうとした姫もいたらしいのだ。

そうした事情もあり、どの窓にも格子がはめられた。もし格子がなければ、わたしは外から部屋を覗いていき、リリアを救出していただろう。

記憶通りの場所に階段を見つけ、そのままスムーズな飛行軌道で一気に5階まで上がる。そしてリリアの部屋の扉がある廊下へと身を乗り出した。

「あった……！」

「…………!?」

違和感が強い。自分が今、何に違和感を覚えているのか、その思考を深めていく。

(明かりがない……それにどの扉にも、護衛の騎士が立っていない……？)

母が亡くなり、わたしも王都から追われた今、この5階の主はリリアになっているはず。王族には多数の側仕えと護衛の騎士が常につくので、たとえリリア1人しかいなくても必ずだれかがいるはずなのだ。

ところが廊下の様子を見るに、人の気配をまったく感じられない。仮にリリアが留守だったとしても、これはありえない。

世話する王族がいなくとも、帰ってきた時に備えて側仕えは常に部屋を整えている。また主の留守に侵入者などを部屋に踏み入れさせないように、やはり騎士も待機しているものなのだ。ましてやリリアは、エンメルド王族にして魔術師の才も合わせもっている。魔力はあっても魔術師の才がない自分と比べても、かなり貴重な存在だ。魔術で栄えてきたエンメルド王国であれば尚更である。

わたしはリリアの部屋の前まで移動する。そこで扉に触れてみたが、完全に施錠されていた。

(明らかに昨日今日いなくなったわけじゃない……！　どういうこと⁉　まさか……もうリリアは城を出された……⁉)

救出に来るのが遅かったか……と後悔しかけたところで首を横に振る。

まだわたしが城を追われて1ヶ月くらいしか経っていない。いくらヴィオルガといえど、この短期間でリリアを追い出すには根回しが足りていないはずだ。

なにせリリアを追い出せば、これで第一王妃派は潰えることになる。いきなりそんな動きに出れば第一王妃派からの反発は大きいし、なによりわたしを追いだしたことも「自分が権力を握ることが目的だったのか」と他国も含めてうわさが流れることになるだろう。

もちろんヴィオルガ自身、第一王妃派は排したい気持ちはあると思う。だがやるならば「ああ、それなら確かに第一王妃派は排して当然だな」という状況と建前を作るため、根回しが必要になるはずだ。

わたしの時は、騎士たちを焚きつけ、帝国と手を組んで現国王を排そうとしている……そういう状況を作り上げていた。だがこの準備を整えるのも、それなりの時間とお金を使ったはず。対してリリアレットはわたしよりも第一王妃派の大貴族から支援を受けていただけあり、工作を仕掛けるにはヴィオルガからしても手間がかかる。少なくともわたしよりは時間が必要だ。仮にわたしと同時進行で工作を仕掛けていたとしても、わたしを追いだして1ヶ月でリリアも……というのはやはり考えにくい。

(場所を移させて、貴族たちとの接触を断たせた……？　あるいは監視の目を強めるのが狙い？　まだリリアは王都からは出ていないと仮定した場合、いるとすれば……)

……東塔の最上階！

「いたぞ！」

「5階だ！」

「っ！」

階段を見れば、騎士たちが上がってきていた。中には魔術師の姿も見える。

わたしは飛行したまま猛スピードで彼らに距離を詰めた。

「わ!?」

「ほ、本当に飛んでる!?」

呪術は対集団戦には向かないわね……！

「やぁぁ！」

たっぷりと加速をつけて騎士たちを鞘に入った剣で殴りつける。とんでもない衝撃があったのだろう。鎧を身に付けているにもかかわらず、騎士たちは簡単に床に転がった。

「く……！」

残った魔術師が指をこちらに向ける。その先端部から光る鎖が放たれ、わたしの身体に巻き付いた。

「捕らえた！」

しまった……と思ったのも束の間だった。わたしに巻き付いた鎖は弾けるように光をまき散らして消失したのだ。

「え⁉」

「っ⁉」

目の前の魔術師同様、わたしも驚いたが、この隙を逃す手はない。わたしはそのまま鞘で魔術師の頭を殴りつけた。

「こっちだ！」

「捕縛魔術を無効化したぞ！」

階下を見ると、そこにも複数人の騎士と魔術師がいる。面倒ね……！

「あ！」

「と、飛んだ……！」

彼らの頭上を飛び、そのまま階段を一気に下りていく。このまま一階に戻り、外に出て東塔を目指さなければ……！

　東塔は罪を犯した貴族を幽閉しておくための場所だ。おそらくリリアはその最上階にいる。ヴィオルガがどうしてそこへ閉じ込めたのかはわからないが、たぶんリリアを他の貴族と接触させたくなかったのだろう。

（でも本当にリリアを東塔に幽閉したとなれば、第一王妃派の貴族たちからの反発も出るはず……！　すでに掌握済み⁉　あるいはまだ第一王妃派は把握していない……⁉）

　わたしはすでにヴィオルガに負けた身だし、今さら派閥や権力がどうのというつもりはない。でもこのリリアを取り巻く一連の動きに、なんとも言えない気味わるさを感じていた。そうして一階の大広間に入った瞬間。

「来たぞ！」

「放て！」

　そこには5人の魔術師と、その倍近い騎士たちがいた。魔術師たちの先頭にいる高齢の男性は、エンメルド王国でも高位魔術師たちの頂点……〈導師〉の位を持つシャルカーンだった。

「っ！」

　4人の魔術師の指先から、先ほどとはくらべものにならないくらいに太い鎖が放たれる。それらは空を駆けるわたしに追従し、あっという間に全身に絡まってきた。

「まさか本当に飛行魔術を完成させているとは……！　それもこれほど若い女が……！」

　シャルカーンは両手を前に掲げ、オレンジの光を収束させていた。わたしにはどういった魔術なのかわからないが、何らかの攻撃性を秘めているのは理解できる。

「なにがなんでもその秘奥、聞かせてもらうぞ！」

そうしてオレンジの閃光がわたしに向かって放たれた。だがこの時には先ほど同様に、わたしの前身に絡まっていた鎖は弾けて消失している。

「障壁……っ！」

自由に身体が動く状態で、わたしは冷静に正面に障壁を展開した。魔法少女になった時に使えるようになった魔法の1つだ。

導師ほどの実力者が放つ魔術はそう簡単に防ぐことはできない。だがわたしの障壁はいとも簡単にオレンジの閃光を弾いてみせた。

「は……？　あ、え……？　わしの……魔術が……⁉」

「やあああああぁぁぁぁ！」

魔術師のみならず、騎士たちも呆然としている。この隙を逃すわけにはいかない。わたしは天井近くまで飛ぶと、勢いよく導師シャルカーンに突っ込む。そしてスピードと体重を乗せて剣で頭を殴った。

「あぶっ⁉」

そのまま近くの魔術師たちも殴りつけ、無効化させたところで出入口から外へと飛び出る。

「よし…　…！」

さっき導師の魔術を簡単に防げたことで大体わかった。たぶん魔法少女は、この世界の魔術師たちでは干渉できないくらいに上位に位置しているんだ。

障壁を張れば攻撃は防げるし、鎖が巻き付いてきてもすぐに消失する。この服が持つ防御性能の高さも関係しているのかもしれないけど……あらためて考えると、ショーイチはすごい力を与えることができるのね……。

そもそも魔術師の才がないわたしがこれだけ能力を発揮できるのだから、元の才能なんて関係もないんでしょうし……。

考えながらも庭園を高速で駆け抜け、あっという間に東塔へとたどり着いた。そこで扉を見て、カギを持っていないことに気づく。

「ど、どうしましょう……当然カギがかかっているわよね……？」

そーっと扉に触れてみる。するとパキンと小気味のいい音が一瞬聞こえた。なんの音だったのか、もしかしたら空耳かもしれない……と思いながら扉をひくと、簡単に開くことができた。

「え……？」

カギが……かかっていない……？　どうしてかはわからないけど、今はそんなことはどうでもいい。わたしは宙に浮いたまま、素早く最上階まで駆けていく。

こういう時、いちいち階段を上がらなくていいのは本当に楽だ。消耗するのは魔力だけ、体力は一切使わないのだから。

「着いた……！」

最上階には大きな扉があった。扉に触れると、先ほどと同じくパキンという音が聞こえる。

そしてすこし押すと、とくに重さを感じることなく開くことができた。

「だれ……？」

「…………っ⁉」

最上階にはやはりリリアがいた。彼女はベッドに横たわっており、わたしが入ってきたのを確認して上半身を起こす。だがベッドから動くことはなかった。

「リリア……！」

「え……」

安堵しながら彼女の側まで移動する。そしてその状態を見て、驚愕に両目を見開いた。

「…………っ⁉　り、リリア……！　この足は……⁉」

なんとリリアの両足は黒っぽく変色していたのだ。明らかにただごとではない。わたしは焦りを含めた視線をリリアに向ける。

「……あなたはだれ？　どうやってここまで……？」

「…………っ！　リリア、わたしよ！　クレオノーラよ！」

「は……⁉　え、どういう、こと……⁉」

「詳しいことはあとで話すわ！　それよりリリア、これはどういうこと⁉」

見た目がまったくの別人なのでわからないのは仕方がない。でもここで変身を解くわけにもいかない。

わたしは強引な態度でリリアに説明を求める。

「この足は……瘴気に侵されてこうなったの。もう動かせないし、わたしはここから動くことができないのよ」

リリアの声は子供に聞かせるような、柔らかみのあるものだった。だがそんな声とは逆に、わたしの中には怒りの感情が渦巻いていく。

「どうしてこんな……」

その時、部屋の入り口から複数の足音が聞こえてきた。振り返るとそこには魔術師たちと、杖を持ったヴィオルガが見える。

彼女はわたしとリリアに視線を向けたあと、わたしの全身をくまなく見てきた。

「あなたが侵入者かしら？　動きを見るに、はじめからリリアレットを狙っていたのね？　王族を暗殺しに来た間者かしら？」

「……この子の足……こうしたのはあなた？」

ヴィオルガの質問を無視し、やや声のトーンを落として問いかける。彼女は質問を質問で返されたのにもかかわらず、フッと笑って答えてみせた。

「そうだと言ったらどうするのかしら？」

「どうして……」

「彼女自身が受け入れたのよ。陛下に対して反逆を企てていた姉を助ける代わりに、そうなることを受け入れると」

「…………っ！」

わたしの……！ わたしの助命のために……！ 国と王に対する反逆罪で捕まったのにもかかわらず、どうして極刑にならなかったのか。その理由に今さら気づいて頭を殴られた気になった。

「美しい姉妹愛だと思わない？ もう二度と足は動かせず、さらに精霊を体内に取り込むこともできない。魔術師としての才をすべて放棄するにも等しいのに、それでも姉が助かるのならと、その身に瘴気を受け入れたのですから」

「瘴気に身を侵させるなんて……。じわじわと殺す気だったの？」

「いいえ、まさか。彼女はわたくしにとっても可愛い妹ですもの。ちょうど鳥かごに高貴な鳥を飼いたいという商人がいたので、彼に譲るつもりだったわ」

「え……？」

「ここで暮らすより、恵まれた一生を過ごすことができるもの。その商人も動けない妹を、きっと毎晩可愛がってくれるわ。それこそ朝まで……ね？」

「…………っ！」

渦巻いていた怒りが解放を求めて暴れ出す。両目をカッと見開いたその時、ヴィオルガの側に控えていた魔術師たちの指先から、それぞれ色の異なる光線が放たれた。

おそらくそれぞれが効果の異なる魔術なのだろう。だがわたしは彼女たちが姿を見せたその時から、すでに障壁を展開させていた。

「………っ⁉ な……え……⁉」

導師シャルカーンの閃光を防ぎきったところから想像できていたが、やはりわたしの障壁は5つの魔術による閃光をすべて同時に防いでいた。

これにはヴィオルガも本気で驚いたような表情を見せる。

「そんな……!? 効果の異なる5つの魔術を……たった1つの障壁で……!?」

彼女を驚愕させたことで、怒りに支配されていた頭にわずかながら冷静さが戻ってきた。そうだ、目的を見誤ってはいけない。わたしはここからリリアを救いにきたのだ。

リリアに向き合うと、そっと抱き上げていく。彼女も抵抗することなく静かにわたしに身を任せてきた。

そのままスッと宙に浮いていく。

「………!? こ……これだけ高度な魔術を、2つ同時に……!?」

「……ヴィオルガ。いずれあなたが女王となっても、わたしは……いいえ、もうわたしには関係のないことだわ。さようなら、ヴィオルガ」

「待ちなさい……!」

そのまま高度を上げ、剣で天窓を打ち破る。そうしてリリアを抱き上げたまま、わたしは王都を脱出したのだった。

■

異世界で久しぶりとなる1人の夜を過ごした次の日。この日もやることは変わらず、朝から大幻霊石の間で情報を整理しつつ、領域の改造を進めていった。

家とトイレはこれでいいだろう。あとは畑の予定地域を整理していく。これも家から近い場所を選んだ。

「日本から種を持ち込めたら、ここらへん一帯を農作物エリアにするか」

人が増えたら、居住区や畑エリアも整理した方がいいんだろうけど。今は俺とクレオノーラだけだし、仮に妹さんが増えてもそれほど生活環境は変わらないだろう。

衣と住がある程度整ったのならばやはり食にも意識が向く。未だに肉と果実中心の生活のため、栄養バランスがとても気になるところだ。

「釣り竿を作って、湖の魚を取りたいところだな……」

作り方知らないけど、メイドさんたちに頼んだら、魚くらい取ってきてくれるのでは……と思わなくもない。

でも仮に魚を取れたところで、調味料がないから味付けができない。どうしたものか……。

「まぁ現段階で作れない以上、日本から持ち込むしかないよね……やっぱり……」

そして日本との行き来には、往復に大量のエゴポイントを消費する。エゴポイント自体はクレオノーラとのエッチでもたまるけど、これから妹さんにも魔法少女になってもらうわけだし、より効率よくためていくことができるだろう。

「クレオノーラの妹さんか……どんな感じの子なんだろうなぁ……」

やっぱり姉に似て美人なんだろうか。やばい……すごく楽しみになってきた。はやく好感度100にしたい。複数の美女に愛されたい。モテたい。

「ん〜〜？　なんだかいい感じに濁った欲望をキャッチしたよ〜？」

ここでアミィちゃんがやってきた。契約した影響なのか、俺の心の濁りは敏感に察知できるようだ。

「どうせクレオノーラの妹をどう犯そうかとか、クレオノーラと一緒に可愛がってやろうとか考えていたんでしょ〜」

「ま……まぁね……」

というかそうか。姉妹3Pができる可能性もあるのか……！

すごい。日本にいてはまず経験できないことだ。すこし前に初体験を済ませたばかりなのに、すごいことになってきている……。

「クレオノーラ……無事かなぁ……」

「無事でしょ！　はやければ今晩か、明日の早朝には帰ってくるんじゃない〜？」

クレオノーラは昨日の間に王都にたどり着いているだろう。今日の日中は魔力の回復に努めるとして、おそらく妹救出に動くのは最短で今晩だ。

王都での状況次第で、救出に動くまで時間がかかるかも……という話だったけど、俺としては今晩か明日には帰ってきてほしい。

「さぁショウは増える魔法少女に向けて、体位のおさらいと腰振りの練習よ！」

「そ、それは昼食後にするよ。ちょっと今から行きたいところがあるんだ」

「え？　どこ？」

「湖」

話しながら俺は地上に出る。アミィちゃんもついてきた。

「行ってどうするの？」

「ほら、〈宝物庫〉が使えるようになっただろ。とりあえず水を大量に入れてみようと思うんだ」

支配者スキル〈宝物庫〉については、これまでも検証を行った。具体的には、近くに落ちている小石や木の枝を、人差し指と親指で作った環に収納してみたのだ。

スキルを発動させると、たしかにそれらは環の中へと入り、その姿を消した。また自由に出し入れできることも確認済みである。面白かったのは、取り出し方にバリエーションがあるということだ。

たとえば木の枝。これは環を下に向けて取り出すと、そのまま地面に落ちる。だが環を横方向に向けると、右手でつまんで取り出すことができた。またなぜか左手で作った環にしか宝物庫スキルが発動できなかった。

収納できる大きさに制限があるとはいえ、使い勝手はわるくないと思う。大幻霊石の間へ行けば、現在の宝物庫になにがおさめられているのかを確認することもできる。基本操作はマスターしたと言えるだろう。

次に気になったのは、水などの無形物をどれくらい収納できるのか……という点だ。今回は湖の水を用いて、その検証を行いたいと思う。

「なるほど！　でもあのあたりも魔獣が出るし……。クラス闘士〈ファイター〉のスカラを同行させましょ！」

「そうか……今は湖周辺も支配領域だから、スカラさんたちも資源ポイントで維持可能なのか」

「そうそう！　でもスカラたちではあの魔獣が倒せないから。万が一の時の時間稼ぎ要員ね！」

「魔獣が出たら〈水麗閃〉を使うよ。その時点で検証は終わり、ここまで帰る。スカラさんを時間稼ぎにするのは、帰るまでに2匹目の魔獣が出た時にしよう」

〈水麗閃〉にしても、本当は何発も使用して使用感をたしかめておきたい。でもこれ、1回限定だし作成にはすくなくないポイントを消費するんだよね……。今の財政状況では、とても練習のために撃つことができない。

そんなわけでスカラさんを加え、湖まで移動する。メイドさんたちが日々頑張ってくれているおかげで、草木は以前通った時よりも刈られていた。

それでも歩きづらいことには変わりない。毎日運動しているし、多少は体力がついたと思うけど……。やっぱり道が舗装されていないと疲れるな。

「よし！　ついた！」

「さっそく宝物庫スキルを試してみましょ！」

スカラさんに周囲を警戒してもらいつつ、俺は湖の側まで移動する。

そういえばクレオノーラとここで出会った時、結局湖には入らなかったんだった。ここまで近づいたのは初めてになる。

「すごく透き通った水だね……」

「魚が泳いでいるのも確認できるわね！　でも水棲の魔獣とかはいないのかしら……？」

「こ……こわいこと言わないでよ……」

左腕を湖に突っ込みにくくなるじゃないか……！　まぁこれだけ透き通った水だ、半透明の身体でも持っていない限り、魔獣が近づいてきたらわかるでしょ。

そう思いつつもドキドキしながら俺は左腕を水面に沈めていく。いい感じにヒンヤリとしており、心地よかった。

「それじゃ……スキル発動！」

どうだ……!?　…………？

「どう？　ぐんぐん水を収納できている感じ？」

「い……いや……、スキルが発動していない……」

「え!?」

左腕を引き上げる。そこにはスキルが発動していない環があった。ここで再度スキルを発動させてみる。

「あれ……うまく発動した……？」

その状態で再び水面に腕を入れる。だがその瞬間、スキルが強制的に解除された。

「これは……まさか……」

その後もなんどか試してみる。その結果、じつにわかりやすい結論が出た。

「どうやら宝物庫スキルは、水の中だと発動しないみたいだよ」

「え〜〜!?」

まさかこんな性質があったとは……。考えようによっては、はやい段階でわかってよかったかもしれないけど。

でも右手ですくった水は宝物庫に収納することができた。無形物でも収納は可能らしい。

「なんだ〜。水を無限に収納！　は、できないのね〜。あ、でもでも！　ショウの部屋にある水道を使えば、大量の水をゲットできるんじゃない!?」

「ナイスアイディア！　みたいな顔で言っているけど、水道代もタダじゃないからね!?」

たしかに蛇口の先で環を作れば、水の大量ゲットは可能だろう。そしてただでさえ残り少ないお金がさらに減ることになる。それに水を大量ゲットしても、使い道も限られている。

……まぁ災害に巻き込まれた時のことを考えると、あって困るものでもないけど。

「このスキルに対する理解が深められてよかったよ。……そういえばあの時召喚された勇者たち、元気にしているかな……？」

「あれ？　珍しいね。ショウが他人を気にかけるなんてさ」

「人を冷血漢みたいに……」

アミィちゃんの言うこともわからないでもないけど。たしかにあの手の人たちは、普段の俺なら一切意識しないだろう。

でもこの間、本当に日本に戻れたし、今も蛇口の話が出て、ふと彼らを思い出したのだ。

彼らは今も日本に帰るために頑張っているのか……もしくはチート無双が楽しくなっており、日本に帰る気をなくしているのか。

「……いいや、もう。今日は帰ろう」

「お！　いよいよ腰振りの練習ね！」

「まぁ……そうだね……」

はぁ……クレオノーラ……。無事かな……。はやく帰ってきてほしい……。

「はぁぁ……」

「どうしたの～？　急にため息なんてついちゃってさ～」

どうやら自然とため息が出ていたようだ。理由はわかっている。今日までクレオノーラと一緒にすごせていたのに、急に1人になったことで不安やさみしさを覚えているのだ。

これまで1人ですごしていて、こんな気持ちを抱いたことなんてなかったのに……。

「アミィちゃん。やっぱり俺、クレオノーラが心配なんだけど……」

「だいじょうぶだと思うけどね～」

「で、でも！　もしクレオノーラの身になにかあったら、俺……」

勢いで口走って気づいたけど。そ、そうだよ……！　もしクレオノーラが帰ってこられなくなったら……！　俺の寿命を元に戻す手段が失われるじゃないか……！

ま、まずい……！　やっぱり俺もついていくべきだったんじゃ!?　それに一発限定とはいえ、超水圧ビームの〈水麗閃〉もあるんだし……！

「こうしちゃいられない……！　アミィちゃん、俺も王都に行くよ！」

「え？　どうしてそうなるの……？」

「もしクレオノーラが捕まったら、1ヶ月以内に助けないと俺の寿命にもかかわってくるだろ!?　それに純粋に彼女の悲願にも協力してあげたいよ……！」

「魔法少女にした時点で、十分協力したと思うけど～？」

そうかもしれないけど、そうじゃない。もっとこう、直接的な方法でクレオノーラを助けたい。

寿命に対する不安も大きいけれど、彼女を助けたいという気持ちが大きくなった。俺は支配領域に戻ると、そのまま大幻霊石の間へと移動する。そして操作ウィンドウを展開し、ナイフを作成した。

「ショウ～。本当に王都を目指す気～？　クレオノーラを信じて待っておいたほうがいいと思うけど……」

「もちろん信じているけど、もしかしたら不慮の事故に巻き込まれて、動けなくなる可能性もあるだろ？」

「可能性の話をしはじめたらキリがないわよ～。まぁそう言うなら仕方ないわね。満足するまで試してみたらいいわ」

最終的にはアミィちゃんも俺の方針に賛成してくれた。ただし大幻霊石を守る者は絶対に必要なので、アイオンさんたちに任せることとなった。

俺は水や食料を持つと、さっそく支配領域を出るべく足を進める。

「アイオンさんたちも連れていけると心強かったんだけど……」

「仕方ないわよ。アイオンたちは支配領域から出ると、資源ポイントを供給できなくなるし」

そうなんだよね。資源ポイントが供給できなくなったら、短時間で存在が消えてしまう。もし魔窟の森全域が俺の支配領域になっていたら、彼女たちを護衛で途中まで連れてくることもできたんだけど。

「よし……王都はたしか西だったよね。慎重に進もう」

いよいよ支配領域の外へと出る。ここからは魔獣も徘徊しているし、クレオノーラの話によると毒を持つ動植物もいるらしいし、慎重すぎるくらいがちょうどいいかもしれない。

（というか……あらためて森の外を目指そうと思うと、ものすごくこわい……）

もしあの獅子頭の魔獣が出てきたら。見たことのない他の魔獣が姿を見せたら。知らない間に虫に刺されて、毒が回ったら。いろんな不安が押し寄せてくる。スキル〈水麗閃〉は一発のみ、これを放てばもうあとはない。

「はぁ、はぁ……！」

「すっごい汗～、まだ支配領域はすぐそこなのに」

「え⁉」

振り返ってみると、たしかに支配領域はまだ視界の範囲内だった。あ、あれ……、体感ではかなりの距離を進んだつもりだったのに……？

「ショウ、ものすっごく足が遅いんですけど～」

どうやら自分が思っているより、森を進むということに対してかなりの恐怖やプレッシャーを感じていたようだ。

でも……！　たとえどんなに怖くても、やっぱりクレオノーラが心配だし……！　彼女の力になりたいというのも、うそじゃないんだ……！

「あきらめて帰ろうよ～。空も飛べないショウじゃ、そもそもこの森を出られないって～」

「いや……！　行くよ……！」

もしかしたらアミィちゃんは、俺が途中であきらめると思っていたのかもしれない。これまでの俺なら、たしかにその可能性が高かっただろう。どうやら俺の中でクレオノーラの存在が、いつの間にかかなり大きなものになっていたみたいだ。

「うおおぉぉぉ……！」

道なき道を切り進むのは、体力的にもかなりキツいものがあった。ナイフで枝を切っては獣道を作って足を進めていく。

だが最初こそ慎重になりすぎて足が遅かったが、今では普通に進むのもむずかしくなっており、どうしても速度を上げることができなかった。

「はぁ、はぁ……！　も、森を進むというのが、こんなに大変だったなんて……！」

「そりゃそうよ～。水や食料の備蓄はもちろん、体力も必要だし。それに優れた方向感覚に加えて安全な道を確保するスキルも必要なのよ」

これ……！　たしかに魔窟の森に人の手が入っていないのがよくわかるな……！　小さな虫もたくさんいるし、草が生い茂っていると先に進めず、べつの道を探すことになる。

こんな場所だと小さな区画を開拓するだけでも、かなりの人手や道具、それに時間と資金を必要とするだろう。さらに魔獣も出るんだから、別途武具も必要になる。

いちおうアミィちゃんが近くに魔獣がいないか見ていてくれてはいるけど……。獅子頭の魔獣を〈水麗閃〉で倒した経験がなかったら、怖すぎてもうあきらめていたかもしれない。

気合いを入れて足を進ませるものの、やっぱり体力がついてこなかった。そうこうしているうちに日が完全に落ちてしまい、周囲は真っ暗闇となる。

「ほ……本当になにも見えない……」

日本だとなかなかなじみがない夜の暗さだ。しかもここは森の中だけあり、木々で夜空もあまり見えない。星明かりもないのだ。

「こう暗かったら、もう進めそうにないわね～」

「く……」

体力と精神をすり減らしていたこともあり、俺は木にもたれかかりながらしゃがみ込んだ。

「でもちょっと見直したわ～」

「え……？　なにを……？」

「だってわたし、ショウは絶対にすぐ帰ると思っていたもの」

真っ暗だからアミィちゃんの姿は見えないけど、なんとなく笑顔なのは想像できた。

「意外と根性あったのね～」

「意外とって……。いや、でも……そうだね。自分でも驚いているよ」

クレオノーラは俺との出会いを通じて魔法少女の力を手に入れ、今こうして悲願だった妹の救出に行くことができた。彼女自身、変わった部分もあるだろう。

でもそれは俺も同じだったんだ。クレオノーラと出会えたことで、俺も変わることができた。

それがいい変化なのかはわからないけど。少なくとも以前までの俺ならこんな根性はなかった。

「アミィちゃん。周囲に魔獣は……？」

「それらしい気配はないわね～」

「そう……」

アミィちゃんの言葉に安心した俺は両目を閉じる。もともと真っ暗闇だったので、目を閉じても見える世界はまったく変わらなかった。

「ん……」

そして両目を開くと。いつの間にか明るい世界に変わっていた。

「んへ……？」

「あ、起きた〜？」

「………⁉　え？　ね、寝てた……⁉」

ちょっと目を閉じただけのつもりだったのに、朝がきてる……！　どれだけ疲れていたんだろうか。でも考えようによってはよかったのかもしれない。

だって真っ暗な森の中って、本当に不気味で怖かったし、あのまま起きていたら、恐怖心が膨れ上がっていたと思う。すぐ寝てしまうくらい、すんごく疲れていてよかった……！

「ぐっすり寝てたわね〜」

「アミィちゃん。ここ……支配領域からどれくらい離れているのかな……？」

「ざっと百メートルくらいね！」

「え⁉」

ひ……百メートル……⁉　たったの……⁉　あれだけ時間をかけたのに……⁉

森に不慣れな素人からすれば、それでもかなり進んだほうなのかもしれないけど、これでは森を出るだなんて、夢のまた夢だろう。

（というかそうだよ……！　俺が森を出るのに数日かけていたら、その間にクレオノーラや妹を連れて帰ってくるかもしれないじゃないか……！）

多少距離があって魔獣がいても、森からはなんとか出られるのではないか。そんな認識だったのが、完全に粉砕された。

　もうあきらめて帰ろうか……。でも昨日、あんなにアミィちゃんに「俺は行くよ！」と言い切った以上、やっぱり帰りますというのはちょっと恥ずかしい。というか、なけなしのプライドを鈍器で殴られた気分になる。

　しかし今日一日かけたとしても、このぶんだとほとんど進めないだろう。どうしよう……と悩んでいたら、アミィちゃんが空を指さした。

「あ！　あれ！　クレオノーラじゃない⁉」

「っ⁉」

　その指先を見ると、空を飛んでいるエメちゃんと抱きかかえられている女性の姿が確認できた。

　どうやら妹さんの救出はうまくいったようだ。

「……はぁ、帰ろうか、アミィちゃん」

「そうね！」

　まぁ……なんというか、自分の気持ちを見直すきっかけにもなったし、無駄な苦労だったとは思わない。クレオノーラには言えないけど……。

■

「エメラルド……！　おかえり！　よかった、無事で……！」

「ええ……ただいま、ショーイチ」

支配領域に戻ると、エメちゃんはすでに家の前に降り立っていた。久しぶりの再会に言葉を交わしたものの、その声はどこか落ち込んでいるように思える。

それにエメちゃんに抱かれている女性は、地上についたのにもかかわらず地面に下りることはなかった。そのまま顔を上げてこちらを見てくる。

「ね……姉さん……その……え？　か……かれが……？」

「そう、ショーイチ。わたしにこの力を授けてくれた、愛しい恋人よ」

「あ……どうも。清水正一といいます」

妹さんは姉と俺の間で、何度も視線を往復させていた。

く……！　そりゃスキルがなければ、クレオノーラに好かれることなんてなかったけど……！

やはり育ちのいい陽キャの妹は同じく陽キャらしい。こういう機会でもなければ、底辺男に意識を向けることすらないのだ。

「あ、エメラルド！　おかえり〜！」

アミィちゃんも飛んでくる。というか妹さん。魔法少女姿のエメラルドを見て、自分の姉だと理解できたのか……。

「ただいま、アミィ。ショーイチ……帰ったばかりで申しわけないのだけれど、ベッドを借りられるかしら？」

そう言うとエメちゃんは妹さんの足に視線を向ける。

妹さんはずいぶんとゆったりとしたスカートをはいており、足はまったく見えない。……なにかあるんだろうか。

わからないが、今も地面に下ろさないことと無関係ではないだろう。

「わかった。家は見ての通り新調したから。家具類もすべて新品だよ」

そう言って家の扉を開ける。中に入って、エメちゃんは驚いた表情を浮かべていた。

「二階建てにしたのね！　すごい……吹き抜けになってる……」

「ああ、一階は前と同じく、リビングと寝室。二階にもべつで寝室を用意したよ」

エメちゃんは空中に浮きながら部屋の奥へと進む。そして一階にある大きなベッドに妹さんを下ろした。

妹さんは上半身を起こすと、あらためて俺とアミィちゃんに視線を向ける。

「……ご挨拶が遅れまして、大変失礼をいたしましたわ。わたしはリリアレット。エンメルド王国の……元王女、です」

元……か、これもクレオノーラと同じなんだな。

ここでエメちゃんの全身がキランと光る。すると変身が解除され、元のクレオノーラの姿へと戻った。実際に姿が変わるところは初めて見たのか、リリアレットは驚愕で両目を見開く。

「え……!?　ほ……本当に……へ、変身した……!?」

「だから何度も言ったでしょ。それに元に戻ったの。あっちの姿が変身した方なんだから」

というか今さらながらに気づいたけど、リリアレット、想像していた以上に美人だな……。どれくらいかと言えば、驚きで両目を見開いているのに、まったく顔の造形から美しさが損なわれていない。

髪色は黄色に近い金髪というより、本当にゴールドっぽい色をしている。金の折り紙からテカりを取った感じと言えばいいのかな。

前髪はややぱっつんぎみ、後ろ髪は腰あたりまでまっすぐに伸びている。また左髪だけ頭頂部付近から編み込んでおり、胸部まで伸びていた。

なんというか……クレオノーラに比べると、全体的に線が細いように見える。おそらく彼女のように、幼少期から剣を振っていたというわけではないのだろう。

クレオノーラからも育ちの良さみたいなものを感じていたが、リリアレットの方がより上品さを感じさせる。でも活発さはクレオノーラの方が感じる。顔つきは姉妹だけあって似ているが、こういう点でちがいがはっきり出ているな。

「それで……リリアレットはどうしたんだい？　歩けない理由でもあるの？」

さすがにこの短い時間でもわかる。たぶん彼女は歩けないのだろう。

クレオノーラからそんな話は聞いていなかったし、一時的なものかな？　車椅子……今は作るのがむずかしいけど……。

「そうね……あらためて説明させて。わたしが王都に行って、なにをしてきたのか」

話によると、閉じ込められていたリリアレットを助ける際にお姉さん……勇者召喚の場にいたお姫様ともひと悶着あったのだとか。でも魔法少女の空中高速移動はやはり相手にとってチートだったらしく、リリアレットを連れて城を出ることに成功したみたいだ。

道中でリリアレットに事情を説明しつつ、簡単に休息を取りながら帰ったため、この時間になったとのことだった。

「リリア。足……見せて」

リリアレットはスカートを掴むと、ゆっくり上げていく。ドキッとしたが、スカートは膝より上にあがることはなかった。

というか予想外のものが目に入ったため、それどころではなくなった。

なんと露わになったその両足、膝から下が黒っぽく変色していたのだ。

「え……!? これは……!?」

完全な真っ黒ではない。紫のアザが広がっているようにも見える。普通に暮らしていては、まずこうはならないだろう。まちがいなくこれこそが、彼女が歩けない理由だ。

「お目を汚して失礼いたしました。わたしの両足はこの通り、瘴気に侵されております」

「しょうき……？」

「ショーイチの世界にはないのかしら？」

「ああ……初めて聞いたよ。瘴気ってなに？」

よくない気なのはわかるけど。クレオノーラはすこしむずかしい表情を見せる。

「この間、精霊の話をしたこと、覚えている？」

「ああ、エーテルが結合して、それが力を持ったもの……だよね」

そして魔術師はそれを体内に取り込み、己の魔力を利用して魔術を発現させる……とか、たしかそんな話だった。

「瘴気というのは、精霊が呪われたモノと言われているの」

「え……!?　精霊が……呪われたモノ……？」

理由は判明していないが、力を持った精霊は稀に毒性を帯びることがあるらしい。どうやらそれを「呪われた」と表現しているようで、実際に呪いをかけた何者かがいるというわけではないとのことだ。

厄介なのは、この呪われた精霊は人体に相当な影響を及ぼすのだとか。本来魔術師にしか体内に精霊を取り込めないのに、この毒は空気感染を起こし、一般人にも影響が出るらしい。

「瘴気はどこに発生するのかもわからないの。基本的に人里から離れた場所ほど、発生しやすいと言われているわ」

これまで町などで突然瘴気が発生したことはないとのことだ。

まぁ急に空気感染する毒とか発生したら、王都規模でもまたたくまに死都になるだろうし。

今日まで人間の歴史が続いている以上、おそらく普通の人間が目にする機会などないものなのだろう。

「瘴気は特定の場所に発生し、また溜まりやすいと言われているの。ここ魔窟の森も一部には瘴気が溜まっている場所があると言われているわ」

「え……!?　そうなの……!?」

知らなかった……！　というかそれ、かなり危険なんじゃ……!?

「まぁ瘴気発生地帯は森の東部という話だし、近づかなければ大丈夫よ」

「そ……そう……」

とはいえ生活環境を向上させるためにも、ちょっと放置はしにくい問題だ。

瘴気について最低限の理解ができたところで、再びリリアレットが口を開いた。

「わたしはヴィオルガ姉さまに取引を持ちかけられたのです。瘴気を受け入れれば、姉さんの極刑は見送りましょうと」

「それって……どういう……？」

ここからはあらためて、クレオノーラも補足を入れながら事情を説明してくれる。

「もともとエンメルド王国は、第一王妃派とヴィオルガ派で対立があったの」

ヴィオルガはクレオノーラを利用することで、邪魔な第一王妃派を一掃しようとしたらしい。

また会合を重ねたことで、結果的にだれが第一王妃派の貴族なのか、ヴィオルガに教えることになった。

「証拠を押さえられて捕まった以上、どう料理するかはヴィオルガ次第。気づけばわたしは、父に反意を持ち、帝国と内通を画策していた王族として仕立て上げられていたわ」

「うわぁ……」

帝国とは戦争中なのに、その敵国と内通をはかった王女か……。これはいくら王族でも……

いや、王族だからこそ許されないという空気を、簡単に醸成できるだろうな……。

普通に考えれば極刑だろう。だがここでヴィオルガは大切な妹だからと慈悲をかけ、反乱一派ともども身分を剥奪し、魔窟の森の開拓を命じた。

怒り狂ったヴィオルガ派の貴族たちも「それならまぁ、死刑に等しい裁可だし……」と、納得したのだとか。そしてそのヴィオルガは、なんと優しいお方なんだと名を上げる。

ここでリリアレットが両目を伏せた。

「わたしに取引を持ちかけられたのは、まさにそのタイミングです。両足を瘴気で侵すのなら、姉さんの極刑は回避してもよいと。さすがに貴族位は剥奪することになるけど……王族への反逆はたとえ同じ王族であっても、相当むごたらしい死刑を言い渡されることになる。姉の命運を決めるのはあなたよ……と」

その結果、リリアレットは両足に瘴気を侵させた。そして今のような黒っぽいアザが広がったと。

「それって……治らないの？」

「ええ、一度瘴気に侵されると、二度と治癒は叶いません。わたしは永遠に足を動かせませんし、魔術の行使もできないのです」

瘴気が体内に入り込むと、精霊を体内に取り込むことができなくなるらしい。取り込んだ側から精霊が瘴気に汚染されていくのだとか。

一方で高位の魔術師は、己の体内に精霊を取り込むことになれている。体内における精霊の制御がうまいのだ。

つまり優れた魔術師ほど、状況次第で瘴気の影響を限定させられるらしい。リリアレットは常日頃から瘴気が両足にとどまるように制御しているとのことだった。

「え……じゃあ制御を失えば、全身に回るということ……？」

「最初期ならそうですね。でも今は制御をやめても、もう両足から全身に回ることはないと思います。さっきの話にもありましたが、瘴気は特定場所にとどまる性質がありますから」

つまりずっと両足に瘴気をとどめていたことで、侵食場所が固定されたということだろうか。

「しかしどうしてあのお姫様は、わざわざリリアレットの両足をこんなにしたんだ……？」

「シャイタル大共和国の評議員に、わたしを売るつもりだったからです」

大共和国……以前にクレオノーラからも聞いた国だな。たしか魔窟の森は北に帝国、西は王国。そして南はこの共和国と隣接しているんだったか。

共和国はかなり羽振りのいい国らしい。その資本力は無視できず、王国もいくらか都合してもらっているのだとか。

そしてある日、そんな共和国の評議員の1人から、ヴィオルガに相談を持ちかけられた。

「その評議員は、どこかのパーティーで見たわたしのことをえらく気に入ったみたいで……。ヴィオルガ姉さまに、わたしの両足を不自由にしたうえで売ってくれと話を持ちかけたのよ」

「うへぇぁ……」

変な声が出てしまった……。クレオノーラも悔しそうに歯を食いしばっている。

その人、かなりいい趣味を持っているな……。美人なお姫様の両足を不自由にしたい理由なんてそう多くない。

たぶん特定の部屋に閉じ込め、逃げ出せない環境でたっぷりと愛でるつもりだったのだろう。

……………ん？　たしかに……わるくないな……？

相手はこの通り、王族の姫。そんな高貴な存在を、シモの世話を含めてかわいがるのだ。世話をされるリリアレットからすれば、かなりの屈辱だろう。

俺なら尿意をガマンさせるね。そして限界がきたところでその場で漏らすか、俺に世話されながらトイレでするかを選ばせる。

そんな妄想をしている間もリリアレットの言葉は続いていた。

「どうやら相当な値段がついていたみたいですけど。姉さんが連れ出してくれたおかげで、今ごろヴィオルガ姉さまはすごく困っているでしょうね」

「いい気味だわ。それもこれも、魔法少女の力をくれたショーイチのおかげね！」

その魔法少女、もう一人増えるけどね！

しかし話を聞いて、どうしてリリアレットの両足を潰すのに瘴気を使用したのかがわかった。

ヴィオルガもわかっていたんだ。彼女ならたとえ瘴気に侵されても、自分の意思で影響範囲を両足に限定できるだろうと。リョナ的な手段に出るよりその方が相手も喜ぶと考えたんだろうな。

あのお姫様……いい性格しているな……。

２人の事情を理解したところで、いったんお開きとなった。２人ともやっと人心地つける場所に来たのだ。クレオノーラも寝ていないし、夕方までゆっくり休んでもらうことにする。

２人がベッドで寝息を立てはじめたのを見て、俺はアミィちゃんと一緒に大幻霊石の間へと移動した。

「リリアレットの救出に成功したのはいいけど……なんだかえらい目にあった気分だよ」

「ショウがえらい目にあったわけじゃないでしょ～」

「そうなんだけどさ。……ねぇアミィちゃん。彼女の足……」

「無理。治せないわ」

「……そう」

話しながらも操作ウィンドウを展開する。そして家の中を映し出し、リリアレットの情報を表示した。

■リリアレット（女）
■身長：１５４cm
■バストサイズ：C
■性行為経験：なし
■愛奴条件：１）好感度99の時、クレオノーラと同時に絶頂させる
２）初対面から15時間以内に好感度を20にする

「…………！！？」

「あら～。これはまた……どちらもいい感じの難易度ね～……」

は……はい……？　え、なにこの愛奴条件。まず条件1の内容がハードル鬼高い。

いや、だって……！　俺はスキルのおかげで後背位中出しすることによって、女性を強制的に絶頂させることはできるけど……！　それ以外の方法で絶頂させられたことなんてないし……！

当然だが俺の肉棒は1本しかない。どう頑張っても、2人の姉妹そろって同時に中出しなんてできないのだ。

そして条件2。まさかの時限イベント発生である。こうしている今もタイムカウントが進んでいる。

「あ……あああ、アミィちゃん……！　こ……これ……!?」

「はやい話、今晩中に好感度を20にもっていけなければ、リリアレットを〈愛奴〉にすることは不可能になるということね！」

「…………!?」

はいいぃぃいぃ!?　ち……チャンスは今晩だけぇぇぇ!?　いくらなんでも唐突すぎるって！

俺とリリアレット、さっき出会ったばかりなんですけどぉ！

モンスター文庫
異世界最強の嫁ですが、
夜の戦いは俺の方が強いようです
～知略を活かして成り上がるハーレム戦記～
1
シンギョウ ガク
画 をん
異世界に転生したアルベルトはアレクサ王国で安泰な生活を目指していた。しかし、地上最強生物で鮮血鬼と呼ばれる鬼人族の女性マリーダに攫われ、しかも襲撃の手引きしたとして、王国から指名手配されてしまう。元の国に帰れなくなったアルベルトはエランシア帝国で生活していくことを決める。魅力的な肉体を持つマリーダとの営みなど良い思いをしつつ、現代知識を活かして、内政、軍事、謀略などで大きな功績を挙げる!? ちょっとエッチなハーレムコメディー開幕!
モンスター文庫

発行・株式会社　双葉社

「お湯を沸かす手段が限られているのよね～」

そうなんだよね……。焚火は作成できるし、やりようによってはお湯を作れるんだけど、実は現在作成できる水は、水瓶などちょっとした量に限られる。大量の水を作成できないのだ。

飲み水用の少量しかない水を、身体に浸かれるくらいに大量に作成すると、それだけでものすごい資源ポイントを消費してしまう。

「やっぱり湖から水を引きたいな」

「それなら大きなお風呂も作れるでしょうけど、でも結局どうやって沸かすの？　それに湖の水質がキレイとは限らないし」

「それなんだよなぁ……」

お風呂を作るからには、複数人の女性と一緒に入れるサイズを作りたい。いや、そのサイズで作らないと意味がない。

でも焚火の火力で、1日にどれくらいのお湯を沸かせるのかの検証がむずかしい。そもそもお湯を沸かしても、時間の経過とともに冷めていくし……。

「お風呂はしばらく後回しにするしかないんじゃない？　たぶんだけど、支配者《クエスター》レベルを上げることが近道よ」

「え……？　どういう意味……？」

「ほら、トイレにしてもずいぶんと高性能なものが生まれたでしょ？　あれたぶん、ショウがトイレに対して抱いている衛生感が反映された結果なのよ」